Fabia Terni

Aventura em Paraty

Rubem Filho

ilustrações

1ª edição
2015

© 2015 texto Fabia Terni
ilustrações Rubem Filho

© Direitos de publicação
CORTEZ EDITORA
Rua Monte Alegre, 1074 – Perdizes
05014-001 – São Paulo – SP
Tel.: (11) 3864-0111 Fax: (11) 3864-4290
cortez@cortezeditora.com.br
www.cortezeditora.com.br

Direção
José Xavier Cortez

Editor
Amir Piedade

Preparação
Alessandra Biral
Isabel Ferrazoli

Revisão
Alessandra Biral
Gabriel Maretti
Roksyvan Paiva

Edição de Arte
Mauricio Rindeika Seolin

Dados Internacionais de Catalogação na Publicação (CIP)
(Câmara Brasileira do Livro, SP, Brasil)

Terni, Fabia
  Aventura em Paraty / Fabia Terni; ilustrações Rubem Filho. – 1. ed. – São Paulo: Cortez Editora, 2014.

  ISBN 978-85-249-2296-1

  1. Literatura infantojuvenil I. Filho, Rubem. II. Título.

  14-10538   CDD-028.5

Índices para catálogo sistemático:
1. Literatura infantojuvenil   028.5
2. Literatura juvenil   028.5

Impresso na Índia — julho de 2015

Sumário

1. O nascer do sol — 4
2. Estrondo no Morro do Forte — 10
3. A fonte camuflada — 22
4. Profecias de Memo — 26
5. O livro de Memo — 31
6. Poty, Irakitan e Lambaré, jovens da tribo Guaianá — 35
7. Soltem as canoas! — 47
8. Uma senhora ecológica no século XVII — 54
9. Retomando a leitura do livro de Memo — 59
10. Piranha do Rio Purus, um pirata — 67
11. Breve parada no morro de Memo — 77
12. Chegada à Fazenda do Engenho pela senzala — 80
13. Lumbá, filho de escravo — 82
14. O capataz — 85
15. O esconderijo — 88
16. Surpresa no canavial — 93
17. O café muda o destino de Paraty — 98
18. A história de Dodô — 103
19. Preservar a memória — O sonho de Memo realizado — 112
20. Partida — 115

1. O nascer do sol

É de manhã bem cedo quando toca o celular cor-de-rosa novinho da Andressa.

– Alô, Janaína? – sorri Andressa, tentando imaginar a nova peripécia da amiga.

– ...

– Amanhã? Assistir ao nascer do sol na Praia do Pontal? – perguntou.

– ...

– Hoje? – diz Andressa, surpresa com a fala da amiga.

– ...

– Mas tem que ser às dez pras seis da madrugada? – insiste Andressa meio chateada.

– ...

– Não dá pra ser só um tiquinho depois? – sugere Andressa, com uma risadinha malandra.

1. O nascer do sol

– ...

– É verdade, o sol não espera por ninguém – concorda. – Quem mais irá?

– ...

– O Marcelo... aquele cara legal da 6ª série? – continua. – Bacana! E quem mais?

– ...

– Qual Paulinho?

– ...

– Ah! Ele é seu primo? Não sabia... Onde encontro vocês, então? – pergunta Andressa, já persuadida a ir ao passeio.

– ...

– Lá na curva dos rochedos da Praia do Pontal? Dez pras seis mesmo? – repete.

– ...

– Fechado – diz Andressa conformada, guardando o presente rosado no bolso e imaginando o sorriso encantador de Marcelo.

Esta é a hora mágica do alvorecer. O mundo ainda sonha, mas a mata desperta lentamente. Ouvem-se pequenos ruídos nos ninhos e nas tocas. Pequenas ondas correm sobre a praia, que aguarda os primeiros raios solares. O dia está acordando bonito.

De calção de banho, pés na água, na boa, Paulo e Marcelo estão sentados em um barquinho azul e branco que ondula tranquilo, ancorado perto da praia. Janaína, de *shortinho* e camiseta lilás, acomoda o corpo elegante em uma rocha arredondada.

Paulo, o mais jovem, boceja.

– Bem que eu teria gostado de dormir mais um pouco, mas como nunca vi o nascer do sol...

– Então aguarde – retruca Marcelo. – Você não vai se arrepender.

Altura mediana, cabelos pretos, um tanto ingênuo e medroso, mas boa gente. Assim era Paulo. Quando os pais vieram com a ideia de passar férias na casa de Paraty, ele ficou desanimado. O dia inteiro naquela praiazinha mixuruca do Pontal, sem sorveteria famosa nem colegas? E a mãe ainda tinha inventado de convidar a prima Janaína, a sonhadora. Tenha a santa paciência! Que ela era realmente esperta e lampeira, a própria "Menina Maluquinha", ele não tinha dúvida. Que ela amava caminhar na mata, rabiscar poemas, tomar banho de mar, também não. E de cachoeira, então? Ela pirava de vez. Mas quando vinha com aqueles papos de magia da natureza, de lugares encantados de poesia... aí era dose... Por sorte, Paulo havia se lem-

1. O nascer do sol

brado de outro primo, o Marcelo da 6ª série, que gostava de computadores e celulares assim como ele. E seu programa preferido nas férias também incluía praia, *bike*, bate-bola e sorvete no final da tarde.

Despontam os primeiros raios mágicos da aurora... O céu tinge-se de alaranjado. Janaína imagina-se um pássaro de fogo ao cruzar o portal do paraíso, mas não diz nada para não levar esculacho do primo. Paulo, embasbacado diante da beleza do cenário, emudece. Marcelo, com seu cabelo castanho esvoaçante e peito tanquinho, alto para seus doze anos, deslumbra-se com a grandeza dos paredões de rocha cobertos pela mata iluminada.

Cerrando os olhos para enxergar toda a praia, pergunta:

– E a Andressa, que fim levou?

– Deve ter perdido a hora – diz Janaína um pouco chateada.

– Olha aquela tirinha de areia microscópica encaixada entre os dois paredões gigantes – brinca Marcelo –, parece mais uma cobrinha magricela, como você...

– Que nada – responde ela rindo. – É a prainha mais original que já vi. Rodeada de quaresmeiras lilases e rosa, parece um quadro. Vai ver que o tesouro dos piratas está escondido bem ali.

— Não, cara priminha — retruca Paulo, tirando sarro da prima mais velha. — O ouro está escondido em Trindade, atrás da baía. Aliás, bem que poderíamos ir procurá-lo... É só contornar toda a baía, e a gente chega lá rapidinho.

— Rapidinho com o quê? — pergunta Janaína, dando o troco.

— E você já imaginou quanta gente não deve ter procurado esse tesouro durante mais de quatro séculos? — interrompe Marcelo meio debochado.

— Pior é que ninguém achou nada, pelo menos não que se saiba — rebate Janaína.

Paulo olhou feio para os dois. Fechou a cara. Só porque os dois estavam um ano adiantado no colégio se achavam no direito de ser donos da verdade.

— Pois eu vou, sim, procurar o tesouro — fala baixinho.

Enquanto encolhe-se, chateado, Paulo percebe uma garota desconhecida caminhando em sua direção.

Andressa vinha toda sorridente de amarelo-mostarda. Quase tão alegre quanto o sol nascente que ela tinha acabado de perder...

– Olha quem está chegando! – exclama Marcelo animado.

Mas o sorriso da menina desvanece logo em seguida.

– Quem é essa aí? – pergunta Paulo, ainda meio emburrado.

Risadinhas de Janaína e Marcelo.

– Essa aí – responde Marcelo, piscando para Andressa – é uma amiga bem legal da Janaína.

Andressa fica vermelha, mas bem que gosta do elogio.

– E você deve ser o Paulo – diz, com diplomacia, olhando para o garoto mais jovem.

– Que está louco pra encontrar o tesouro deixado pelos piratas – acrescenta Janaína.

– Legal – rebate a recém-chegada, sonhando com aventura. – Quando partimos?

2. Estrondo no Morro do Forte

De repente, eles ouvem um barulho de proporções cósmicas vindo de um morro bem próximo. Um vento poderoso varre a floresta. A mata estremece. A bicharada recua como exército em fuga.

— Parece barulho de nave espacial — exclama Paulo, tirando os cabelos negros da testa para enxergar melhor.

Os quatro ficam apreensivos, atentos a novos tremores.

Os olhos verde-claros de Janaína estão assustados.

Já de pé, Marcelo, o mais afoito, comanda com voz firme:

— Precisamos descobrir o que foi isso!

Ofegantes, com o corpo cheio de gotinhas de suor, parecendo tampa de panela de água fervente, chegam

2. Estrondo no Morro do Forte

ao topo do morro. Novo estrondo relâmpago. Um forte nevoeiro encobre tudo.

Não se enxerga mais nada. Os garotos, apavorados, ficam imóveis. Por um momento a mata toda se cala.

Lentamente o nevoeiro vai-se dissipando, e os garotos percebem uma estranha figura mecânica que avança na direção deles. Com mais de dois metros de altura e passos gigantes, um robô carrega equipamento de alta tecnologia.

– O que será essa tralha esquisita? – quer saber Paulo intrigado.

Em um dos equipamentos, Janaína observa uma plaquinha e a lê em voz alta:

– "Monitor para controlar a velocidade e a direção do vento e para medir a pressão atmosférica e a temperatura do ar".

– Tudo isso! – exclama Paulo surpreso.

– E tem mais – diz Andressa, que havia reparado em quatro mecanismos que pareciam propulsores para mantê-lo no ar. – De onde vem a energia pra alimentá-los?

Dessa vez é o robô que aponta para o gerador nuclear. Os quatro ficam pasmos. Então o robô entende o que falam...

Suspense.

– Olhem! Duas câmeras de alta resolução! – grita Paulo entusiasmado. – Um amigo meu tem uma. Elas são bárbaras porque registram tudo com muito mais detalhes, permitindo que as impressões fiquem maiores e melhores.

Reparando em uma espécie de tapete eletrônico que o robô carrega, Marcelo reconhece os sensores de movimento acoplados.

– Deve ser uma esteira programada que permite viajar de forma seletiva.

– Ah! Como as máquinas que voltam atrás no tempo? – pergunta Paulo, animado.

O robô acena que sim com a cabeça.

Atônitos, ouvem o robô lançar-lhes um desafio:

– Existe um código pra entender o presente e o futuro. Nele está contido o DNA de Paraty. É preciso achar o código primeiro pra depois decifrar o DNA.

– Que sigla é essa? – indaga Paulo.

E a voz robótica continua:

– O DNA é o lugar onde ficam guardadas as informações sobre as características do que está sendo estudado. Seu papel é meramente informativo.

2. Estrondo no Morro do Forte

– Agora sim entramos pelo cano – diz Andressa. – Esse robô só fala em código...

– É verdade, porque DNA é coisa de microbiologia e genética – rebate Marcelo. – Ele deve estar usando o termo em sentido figurado, ou seja, da mesma forma que o DNA armazena informações sobre as características humanas, como a cor do cabelo, o tipo de pele, por exemplo, deve haver uma fórmula que contenha informações pra gente entender o presente e o futuro.

– Fórmula, não! – diz a voz metálica. – Alguém detém parte da informação. É preciso encontrar essa pessoa.

Os garotos confabulam:

– Será outro robô? – diz Paulo.

– Que tal um índio moreno bem bacana? – diz Janaína.

Risadas.

Uma ressonância eletrônica os faz estremecer de novo. Algo brilhante flutua no ar. Em acrílico translúcido, digitado a *laser* com letras douradas, surge um poema laminado que Janaína corre para pegar.

Uma voz eletrônica começa a recitar:

A baía de Paraty

O encanto dessa baía
Foi pintado por três magos.
Um deles, jovem, ágil e forte,
Enveredou pelo túnel da história;
Percebeu a cor do passado
Ao pincelar a memória.

Marcelo, entusiasmado, anuncia:
– É com esse que eu vou.
E a voz eletrônica:

Outro ficou enfeitiçado
Com a magia da paisagem.
Pintou a alegria da mata
Que ondulava no verde selvagem.

Janaína, que adora o lugar:
– Tô nessa.
Continua a voz eletrônica:

Percebeu que os belos sobrados,
Alguns com telhas de louça,
Não ficavam à beira-mar,
Porque quando a enchente subia
As ruelas vinha alagar.

2. Estrondo no Morro do Forte

— Gente, a mãe do Paulo, a tia Geralda, já contou que às vezes algumas ruelas ficam totalmente alagadas... Lembra, Paulo? — pergunta Janaína, encarando o primo.

— E a gente alguma vez perguntou se era por causa da enchente?

— Nossa, nunca! — ela responde surpresa.

E a voz eletrônica:

> *O terceiro veio dançando,*
> *Rodopiou até a ilha do medo;*
> *Parou para pensar se devia*
> *Revelar ou não*
> *Seu segredo.*

Os garotos, imóveis, continuam escutando.

"Será que esse segredo também virá em código?", pensa Andressa.

Segue a voz eletrônica:

> *Jazia a vila dourada,*
> *Encantada entre a serra e o mar.*
> *Muitas embarcações,*
> *Corsários, piratas, ladrões,*
> *Tentavam se aproximar*
> *Do tesouro que vinha de longe.*

– Se havia piratas, devia haver ouro... – insinua Paulo, com os olhos brilhando de expectativa. Seria esse o segredo?

E a voz eletrônica continua implacável:

Vila senhorial elegante,
Contrastava a riqueza do ouro
Com a desigualdade social.
Se para uns havia festas,
Flores e muita fartura,
Outros, por serem escravos,
Só conheciam a amargura
Da senzala e do canavial.

Em tempo o ouro acabou;
Os piratas sumiram.
Novos caminhos se abriram,
O porto quase parou,
Parecia Paraty
Andando em marcha à ré.

– Lembra que a tia Geralda contou que Paraty era muito rica e depois ficou pobre? – recorda Janaína.

– Lógico – responde Paulo –, se o ouro acabou, só podia ficar pobre mesmo.

Risadas.

2. Estrondo no Morro do Forte

Marcelo acrescenta:

– Paulo, não foi só o ouro que trouxe riqueza. O açúcar e o café também trouxeram grande progresso ao Brasil. E hoje exportamos até aviões de alta tecnologia...

Novamente a voz eletrônica interrompe:

Mas começam a florescer
Grãozinhos de café,
Grãozinhos vermelhos-cáqui,
Riqueza a Paraty
E aos "barões do café".

– Não falei? – interrompe Marcelo, olhando para Paulo.

Só que o trem já apitava no Vale
Direto para o Rio de Janeiro.
O café vai rodar sobre trilhos
Sem precisar de um cargueiro...

– Espere aí, senhor robô! – interrompe Paulo confuso. – Que diferença fazia se o café viajava de trem ou de cargueiro?

– Muita né, Paulo?! – responde Janaína, igual a uma professora. – Pra viajar de navio, o café precisa utilizar o Porto de Paraty. Se for de trem, significa que a ferrovia substituirá o porto e ninguém precisará mais de Paraty.

A voz robótica não gostou da interrupção. Fez uns grunhidos e continuou:

... E Paraty adormeceu.

– Ótimo! – explodem os quatro ao mesmo tempo, rezando para que o robô desse uma trégua.

– Ô, robô, você já falou bastante. Agora queremos o código pra entender o presente e o futuro – diz Marcelo, perdendo a paciência.

– O poema já é uma pista – diz o robô secamente.

– Repito, precisam achar três coisas: o código, o DNA de Paraty e a pessoa com as informações. E vocês só terão oito dias. Depois eu volto para pegar a esteira para minha próxima missão em Marte.

– Então a gente precisa decifrar tudo isso em apenas oito dias? – repete Paulo, preocupado.

– A primeira coisa a se descobrir é: Paraty de que tempo? – informa a voz robótica.

– Do passado! – exclama Andressa, esperta, sabendo que achou o código.

Marcelo pisca pra ela:

– O robô está dizendo que, pra entender o presente e o futuro, precisamos pesquisar o passado.

– E a segunda coisa é que justamente no passado fica o DNA de Paraty – sacou Janaína, sempre perspicaz. –

Aventura em Paraty

O DNA de Paraty contém seu casario colonial, o forte, os alambiques, as fazendas, os engenhos que restam, as festas e tudo o mais que a caracteriza.

– Agora só falta achar aquele "alguém" que detém as informações – acrescenta Paulo, dando uma bola dentro.

– É por aí! – exclamam os outros três animados.

Fez-se um grande silêncio.

A voz havia sumido.

Os quatro entreolham-se apreensivos.

– Será que ele se ofendeu? – pergunta Janaína baixinho.

Risadas.

– Pode ser, mas a gente não vai ficar aqui em cima desse morro até amanhã, escutando essa voz invisível... – diz Marcelo.

– Só faltava essa. E agora? – pergunta Paulo inquieto.

– A gente vai descobrir a fonte de informações e pronto – diz Marcelo, simulando autoconfiança.

Preocupados, Janaína e Paulo correm pelo caminho pedregoso em direção ao robô; ela, com os olhos verdes bem arregalados, e ele, com os cabelos negros esvoaçantes ao sabor do vento.

Marcelo, curioso, berra bem alto:

– Esperem aí, quero saber como o ouro chegava a Paraty!

2. Estrondo no Morro do Forte

– E os piratas, pra onde foram? – reclama Paulo, com voz aborrecida.

– Por que castigavam os escravos? – pergunta Andressa, interessada nessa questão.

Enquanto todos falam ao mesmo tempo, há um lampejar fulminante. O robô desaparece, feito fantasma, e deixa cair a esteira robótica e todo o resto do equipamento no solo esburacado.

– E agora? – diz Paulo.

– Podemos voltar ao passado com a esteira – anima-se Janaína, sempre positiva.

– E alguém de vocês sabe como? – pergunta Paulo maldosamente.

– Com certeza tem um botão que se aperta – diz Marcelo, aparentando segurança.

– E onde fica? – insiste Paulo, olhando, lá embaixo, para a baía azul-esverdeada, esperando por eles.

Desanimado, ele sugere:

– Vamos voltar à praia?

– Que praia coisa nenhuma! Eu vou apertar todos os botões até conseguir voltar ao passado, custe o que custar – afirma Marcelo decidido, olhando o mar de cima do morro. – E ainda vou encontrar a fonte de informações – acrescenta, enquanto empurra o cabelo para trás e empina o peito tanquinho, lembrando pose de galã de cinema.

3. A fonte camuflada

Um bando de periquitos-verdes sobrevoa o morro do forte.

Andressa olha-os deslumbrada, até vê-los sumir no horizonte.

Ao segui-los com o olhar, os outros três enxergam um antigo forte rodeado por oito canhões de ferro autênticos. Entram devagar e percebem que há um museu abrigando canoas indígenas, pilões e gamelas dos tempos coloniais, além de moendas de cana provavelmente movidas pelos escravos.

Paulo começa a observar uma miniatura de um navio pirata quando algo chama a atenção de Marcelo.

– Olhem! Tem alguma coisa se movendo naquele canto escuro atrás da moenda!

3. A fonte camuflada

Paulo, apavorado, chega mais perto dos colegas. Corajoso, Marcelo vai até lá.

Lentamente surge um velhinho tricentenário e corcunda por carregar o peso dos séculos nas costas. Seus olhos puxados irradiam aquela sabedoria dos antigos e as rugas de seu rosto, bênção e paz. Os jovens sentem um traço de bondade que toca diretamente em seus corações.

Cipós marrons bem fininhos brotavam das veias de suas mãos grossas e arroxeadas pela idade. Por causa da barba solta, parecia uma árvore centenária, curva, de troncos retorcidos, finos, cheios de nódulos. Para não tropeçar nela, o velhinho a enrolava tranquilamente em volta da cintura.

— Parece uma grande bola de algodão-doce rolando em nossa direção — exclama Janaína, dando risada.

— Sim, se não fosse o musgo verde que cresce com o cabelo dele — diz Andressa sorrindo.

Os quatro garotos se seguram para não cair na gargalhada.

— Esse aí — diz Paulo, baixinho, menosprezando e julgando o idoso pelas aparências — não deve se lembrar nem do nome. O que faz um idoso maluco em cima desse morro?

— Deve viver aqui em cima há pelo menos três séculos — conclui Marcelo.

– Acho que é meio irreal, não acham? – pergunta Janaína desconfiada.

Acostumado às risadinhas dos mais jovens, o velho aproxima-se dos garotos fitando-os com seus pequenos olhos escuros, semelhantes aos dos indígenas. Ele conta aos garotos que é mais antigo que Pedro Álvares Cabral.

Com a voz baixa, Andressa comenta:

– Se é tão antigo como fala, talvez saiba um monte de coisas...

Um raio de sol ilumina uma longa folha da palmeira cheia de colares de coquinhos vermelhos e marrons. Paulo cria coragem:

– O que o senhor faz aqui?

– Fui um grande chefe Guaianá há mais de quinhentos anos.

– Caramba! – exclama Paulo, com olhos incrédulos. – Como é seu nome? Vai ver que está nos livros de História.

– Meu nome eu já esqueci, mas o apelido é Memo.

– Moderninho! Talvez ele tenha as respostas que buscamos – diz Janaína, esperta.

– Memo, como era o mundo antigamente? – pede Marcelo, interessado.

– Qual antigamente? Estou vivo há tanto tempo que há muitas camadas para desenterrar.

3. A fonte camuflada

– Como assim?

– Meu povo Guaianá partiu deste mundo há muitos séculos. Desde então várias camadas de história foram-se amontoando por aí, sem que ninguém desse a mínima atenção. Antes que a Memória seja varrida pelos ventos da história, temos de preservar o que resta de cada época, com seus estilos diversos de construir, de dançar e até de cozinhar.

Janaína cochicha para Andressa:

– Será que é ele que detém as informações...?

– Turma! Memo é uma memória ambulante! – exclama Marcelo, animado com sua descoberta. – É por isso que ainda está vivo! Pra nos passar as informações.

– Exatamente – diz Memo, apalpando sua longa barba como se estivesse procurando algo. – Você é jovem e inteligente.

4. Profecias de Memo

— Preservo na memória fatos que presenciei, construções que vi nascer. Gravei costumes indígenas e até receitas de doces. Anotei tudo em um livro muito original, único a existir. Penso que chegou a hora de passá-lo adiante...

Os quatro entreolham-se ansiosos, com os olhos arregalados de tanta curiosidade.

– Quando vocês abrirem o livro, poderão ver alguns acontecimentos ao vivo.

– Eu quero ver os piratas! – Paulo dá seu recado.

Risadas.

– Esses aí já devem ter-se mandado faz tempo – retruca Marcelo, piscando para Andressa.

– Mas eles também virão dar seu depoimento –

diz Memo, coçando o musgo verde da cabeça. – Vocês vão encontrar garotos indígenas, uma senhora portuguesa abastada, um pirata, dois meninos escravos e uma garotinha que adorava Paraty, mas que precisou partir para bem longe daqui. Vocês vão poder falar com todos eles de verdade...

Sorrisos incrédulos dos quatro. Paulo, o mais desbocado:

– Isso aí não gruda nem com supercola.

– Isso é modo de falar com os mais velhos? – pergunta Janaína contrariada e envergonhada, com cara de quem comeu e não gostou. – Ainda bem que ele é meio surdo.

Paulo revida com uma careta.

– Cola, sim! – exclama Marcelo esperto, abanando a placa de fibra ótica na cara de Paulo. – Se o livro dele não funcionar, temos isto aqui, esqueceu?

– E vai dar pra voltar no tempo? – pergunta Paulo, incrédulo.

– Ué, o Memo não acabou de afirmar que vamos nos encontrar com todo um pessoal do tempo antigo?

Paulo ficou pensativo.

Memo começa a desenrolar a barba comprida. Parecia haver algo escondido dentro dela. Paulo dá um passo para poder tocá-la. Áspera de tão antiga. Desenrola e desenrola, vai aparecendo um livro misterioso. Todo marrom e encadernado à mão, percebia-se que era antigo.

"Quantos segredos de outrora devem estar contidos neste pequeno tesouro", pensa Janaína. Afinal, Memo estava vivo há mais de quinhentos anos...

Trêmulo, o idoso observa qual dos quatro garotos está mais atento. Com muita cautela, entrega o livro a Andressa, como quem transfere uma raridade. De fato era a primeira vez que ele mostrava seu livro de memórias a alguém.

Emocionada, Andressa estende a mão para segurar o presente.

– O principal agora é ler o livro! – diz Memo. – Vai facilitar pra entender os fatos quando chegarem os novos personagens, está entendido?

– Sim – respondem, ainda meio incrédulos.

Marcelo fala pensativo:

– Memo certamente não sabe o que é DNA... mas vai acabar nos dando uma pista.

Abraçando-os calorosamente, Memo lhes dá sua bênção para o sucesso da viagem de resgate à memória de Paraty. Os garotos abraçam-no emocionados e

4. Profecias de Memo

agradecem pelo livro singular. Com os olhinhos escuros úmidos, o ancião acrescenta:

– Lembrem-se de que eu não posso desaparecer! Eu sou a Memória.

Os quatro ficam imóveis, feito estátuas. Leva um tempo para se refazerem do susto.

– Não disse que ele era irreal? – exclama Janaína.

Ouvindo a palavra "viagem", Marcelo, o mais responsável, decide que tia Geralda precisa ser avisada de que os garotos estarão fora alguns dias. Janaína usa o celular rosa novinho sem problema, pois no forte tanto a energia elétrica quanto o sinal estão normais.

– Ela vai querer saber qual adulto estará conosco – diz Paulo, conhecendo bem sua tia.

– Fala que é o Memo, e que ele é bem maduro – retruca Andressa.

Gargalhadas gerais.

5. O livro de Memo

Ansiosa para abrir o livro, Andressa voa para fora do forte. O sol já está alto. Marcelo, Paulo e Janaína disparam atrás dela mais curiosos que Pandora.

Ela coloca o livro sobre um dos oito canhões antigos e começa a ler:

– "Paraty, Pedacinho do Paraíso: *Paraty* em tupi-guarani significa 'golfo' ou 'jazida do mar'. Parati ou pirati era também o nome de um peixe parecido com a tainha. Uma tainha sem listras. Quem pescava muito parati eram os índios Guaianá, que habitavam esta baía e algumas das mais de suas cinquenta ilhas. Viveram mais ou menos na época da chegada dos portugueses, mas a costa brasileira já era habitada por tribos indígenas há milhões de anos."

O sol está tão intenso, que resolvem ler o livro dentro do forte. Aproveitam para levar parte do equipamento de última geração deixado pelo robô. Quando estão decidindo onde colocar a esteira eletrônica, Marcelo esbarra em um dos controles remotos sem querer. Surge um ruído estranho. Depois sentem uma sacudida, semelhante a um terremoto de grau 5 na escala Richter, e são todos catapultados para cima da esteira, que levanta voo e parte rumo ao passado a mais de quinhentos quilômetros por hora.

Paulo fica tonto e quase escorrega para fora da esteira; Janaína e Andressa cambaleiam feito onça quando leva tiro, mas conseguem agarrar-se a uma peça do gerador nuclear; e Marcelo, segurando-se em um cabo, exclama espantado:

– Socorro! Estamos voltando no tempo! É incrível!

Depois de alguns trancos e solavancos, parece que a esteira vai aterrissar.

Janaína olha incrédula:

– Olhem como a mata ficou densa... Há árvores que não acabam mais!

– É tudo floresta! – exclama Paulo.

– Olhem, milhões de aves coloridas! – exclama Andressa.

5. O livro de Memo

— Ao alcance de um salto – diz Marcelo.

Olham para cima. Descem cipós centenários iguais à barba de Memo. Balançam folhas de coqueiros carregados de cocos verdes.

Janaína percebe um círculo de ocas feitas de palha, dispostas exatamente como no livro de História. Resolve entrar em uma delas, mas sente um friozinho na barriga. Ouve uma voz conhecida e se acalma.

— Oi, Janaína, ainda bem que você já chegou – diz Paulo com voz trêmula e ainda mais amedrontado que ela. – Pensei que eu estivesse sozinho. Deus me livre ficar preso sozinho numa taba de índios. E se forem canibais?

Andressa, que sabia mais da história dos indígenas, insinua baixinho:

Aventura em Paraty

– Desde quando os Guarani são canibais?

– Pode ser que não fossem, mas não houve um bispo que virou refeição dos Caeté na costa de Alagoas? – pergunta Paulo.

– Mas aquela vez foi vingança porque os portugueses levaram uns índios pra Portugal e os escravizaram – retruca Andressa, a historiadora da turma.

– Sei não – diz ele, desconfiado. – Melhor a gente ficar de olho aberto, ligar pra tia Geralda e avisar onde viemos parar.

– Deixei recado – diz Paulo. – Ela não estava em casa.

– Ainda bem que a bateria estava carregada – afirma Andressa.

6. Poty, Irakitan e Lambaré, jovens da tribo Guaianá

Irakitan, Lambaré e Poty haviam recebido a seguinte mensagem do cacique de sua tribo: "Daqui a duas luas chegarão uns garotos de outro mundo. Querem conhecer nossa tribo. Ficarão pouco tempo. Tratem os convidados com muito respeito."

De repente entram na oca alguns jovens indígenas. Atrás deles, dezenas de outros fitam as garotas brancas com curiosidade. Janaína e Andressa, por sua vez, reparam que somente penas coloridas cobrem-nos abaixo da cintura. Paulo não tira os olhos das pinturas e dos colares que enfeitam o corpo de alguns. Por sua vez, os índios também estranham as roupas dos visitantes.

Os quatro viajantes dão um passo atrás e se encolhem. A situação parece estar ficando séria.

– Uma coisa é vê-los na ilustração dos livros de História, outra é olhar pra eles cara a cara como agora... – diz Paulo, temeroso.

Os dois grupos estão meio sem jeito.

Poty cria coragem:

– Será que esses garotos vão entender nossa língua? – indaga o jovem Poty, preocupado, aos amigos.

– Bem, a gente pode se comunicar por sinais, né? – diz o ágil Irakitan, fingindo subir em uma árvore com cara de caxinguelê arrepiado.

Poty acha graça. Os garotos brancos também.

Começa uma barulheira. A passarada entre as folhagens das mangueiras imensas pintadas de verde e amarelo está atrás de algum coquinho. Asinhas verdes para tudo quanto é lado. Periquitos em uma rapidez incrível podem até se chocar. Embaixo do arvoredo todos aguardam para ver se dão trombada.

– Que nada! – diz baixinho Janaína, para não espantar os passarinhos.

– Olhem como ela fala engraçado! – exclama Poty.

Irakitan, Lambaré e Poty deixam escapar uma risadinha. Janaína, Paulo e Marcelo também. Cada um, na sua língua, tenta se fazer entender.

6. Poty, Irakitan e Lambaré, jovens da tribo Guaianá

Os três garotos indígenas pertencem à mesma aldeia. Atléticos, levam uma vida muito saudável, pois passam o dia todo ao ar livre. Lambaré é um ótimo construtor de barcos. Poty, o mais jovem e o mais baixo do grupo, corre feito ema. Irakitan ouve o pulsar do coração da floresta. Apaixonado pela natureza, é sensível como um poeta. Moreno, esguio, olhar profundo. Tem ouvido tão apurado que percebe quando um tucano se atreve a pilhar o ninho de outras aves. Então ele dispara goiabeira acima, faz uma mímica, tira dois toquinhos de madeira de um tronco, segura-os rente ao seu peito carinhosamente, imitando sons de passarinhos, e exclama:

– Opoiva!

– Que respeito eles têm pela natureza! – comenta Janaína, admirada com Irakitan.

E Paulo:

– Eles andam o dia todo pela mata e não deixam sinal nenhum. Também... – acrescenta –, vivem descalços.

– Daqui a pouco vamos seguir a trilha para o Saco do Mamanguá – informa Lambaré, mantendo orgulhosamente os ombros retos para trás e apontando a tal trilha.

– É de lá que vai ser a largada das canoas que nós escavamos? – questiona Poty.

– Exatamente.

– Vamos convidar esses visitantes pra participar da corrida? – pergunta Lambaré.

Irakitan acena que sim.

Lambaré faz uma tentativa: por meio de sinais, pede que os visitantes subam em uma canoa. Mas o olhar de Janaína está perdido. Lambaré percebe que os visitantes não estão entendendo nada. Acena agora para uma canoa na areia. Pega uns gravetos, coloca-os em fila e faz de conta que estão em uma corrida. Passa um graveto na frente de todos. Seus colegas ajudam, demonstrando entusiasmo pelo que seria o graveto vencedor.

– Ah! – exclama Janaína contente. – Então vai ter uma corrida de barcos?

– O que será que ela está dizendo? – pergunta Lambaré, sorridente.

Então Janaína pede para Andressa apostar corrida com ela até a canoa.

Todos dão risadas. Finalmente se entenderam!

Poty aponta para Lambaré e "conta" aos visitantes que ele conseguiu escavar um tronco inteiro de guapuruvu mais depressa que qualquer um deles.

Lambaré sorri vaidoso.

– "Guapu" o quê? – pergunta Marcelo confuso.

Risadas.

– Gua-pu-ru-vu – diz Lambaré bem devagar.

– Sim, mas o que é isso? – pergunta Marcelo rindo, fazendo um sinal de que não entendeu.

Poty, como um relâmpago, apanha uma tábua solta e a mostra aos visitantes.

– Guapuruvu é muito macia. Boa para canoas.

Então ele pega uns galhinhos menores e aproveita para mostrar que fazem também gaiolas, brinquedos e pequenas esteiras.

Janaína se encanta com uma pequena gaiola, bem fininha.

– Posso levar pra mostrar aos colegas do meu outro mundo? – pergunta, apontando com a mão o objeto que gostaria de ganhar de presente.

Poty sorridente acena que sim e sinaliza, apontando para ela:

– E o que você tem pra mim?

Janaína põe a mão no bolso do *shortinho* lilás e sente o formato do seu celular. "Nem pensar", diz baixinho para si mesma, enquanto o deixa escorregar rapidinho de volta no bolso. O que ele vai fazer com isso?

Mas, por uma incrível coincidência, encontra um chaveiro com uma canoa. Mostra-o curiosa para saber a reação dos indígenas. Eles ficam em êxtase ao ver a pecinha de acrílico azul e branco com um líquido no seu interior que balança para cá e para lá. Falam várias palavras em tupi-guarani. Todos querem aquela canoa, mas quem a agarra rapidamente é Poty.

Janaína só tem aquele. Olha para os colegas sem jeito. Andressa encontra outro chaveiro, lembrança de Fernando de Noronha: um simpático peixe-boi amarelo feito de borracha bem macia. Também faz o maior sucesso. Irakitan corre e leva antes que Lambaré tenha uma chance.

E agora?

Por sorte Marcelo tem um canivete bacana com cinco lâminas. Ele o oferece a Lambaré, que olha o objeto como se fosse um tesouro.

Os outros dois indígenas olham feio para Lambaré, pois seu presente parece mais interessante. Mas todos seguem mais ou menos satisfeitos com o que ganharam.

Mais interessado em corridas que em artesanato, Paulo corre até uma canoa e aponta o mar:

– Quantas canoas vão ser lançadas?

6. Poty, Irakitan e Lambaré, jovens da tribo Guaianá

Colocando rapidamente vinte gravetos enfileirados, Lambaré responde, levantando o peito moreno, cheio de orgulho:

— Mais de vinte!

— Paititi! — exclama Poty.

Animados, os sete se lançam na trilha ao redor da grande baía azulada.

— A imensidão do mar e das ilhas esverdeadas enche meus olhos de maravilha! — exclama Irakitan, poeta por natureza.

— Não entendi nada — diz Janaína —, mas aqui é tão lindo que ele deve estar falando sobre isso — continua ela, fitando-o mais demoradamente.

Paulo transpira tanto que sua nuca está coberta de suor. Sua testa pinga em bicas.

— E se eu ficar com sede neste calor? — pergunta, fazendo um gesto com as mãos em concha, como se estivesse bebendo água.

— Há bicas no caminho e cocos à vontade — gesticula Lambaré, imitando barulho de cachoeira.

Andressa e Marcelo entreolham-se deslumbrados com os papagaios, tucanos-de-papo-amarelo e araras-azuis e vermelhas que enfeitiçam a mata.

Aventura em Paraty

– Olhem! – exclama Irakitan, com seu olhar perspicaz, ao perceber um cacho de orquídeas minúsculas, amarelo-claro, que está desabrochando.

Todos se aproximam. Dentro de cada flor uma imagem que lembra um molequinho deitado. Cada cacho tem por volta de quinze flores. A orquídea, mais de vinte cachos.

– Quantos molequinhos!!! – exclama Janaína, fascinada com Irakitan.

– E que bacana é Irakitan, não é mesmo? – sussurra Andressa para Janaína, que fica vermelha como um pimentão, mas sorri feliz da vida.

O grupo caminha rapidamente. Todos estão empolgados. É a primeira vez que Andressa, Janaína, Marcelo e Paulo participarão de uma aventura daquelas no mar.

Saíras-de-sete-cores sobrevoam jabuticabeiras (*iapoti-kaba* em tupi-guarani), mamoeiros, laranjeiras-da-mata e goiabeiras.

Paulo tenta mostrar que, na sua língua, o som da palavra para a mesma fruta é parecido e soletra: "ja-bu-ti-ca-ba". Marcelo vê um novo índio bem alto se aproximando e para.

– É Guajupiá! – diz Lambaré orgulhoso. – Grande caçador! Só em sonho posso correr tão rápido quanto ele.

6. Poty, Irakitan e Lambaré, jovens da tribo Guaianá

Guajupiá sorri contente pelo elogio. E aproveita para contar sua última façanha:

— Na última vez que estivemos em Trindade apareceu uma onça-canguçu de uns duzentos quilos. Aquela massa compacta de pintas pretas e corpo amarelado caminhava em nossa direção — disse ele, imitando o bichão. — Ficamos apavorados. Soltava grunhidos e uivos horrorosos. Rangeu os dentes, deu um miado comprido e tentou avançar na gente.

Em seguida, ele abre a boca até não poder mais, como se fosse devorar os garotos.

Risadas de todos os lados.

— Mas ela não conhecia Guajupiá — interrompe Poty com olhar maroto. — Nessas horas é matar ou morrer. Mais rápido que a velocidade da ema, Guajupiá disparou dezenas de flechas envenenadas nas costas, no peito, na barriga e nas pernas da onça. Acertou todas. Pobre da canguçu! Começou a cambalear, agitando-se pra todos os lados, uivando de dor.

Irakitan, tão sensível, não suportou a descrição da cena e sumiu dali rapidinho.

— A pobre da onça ainda sacudiu o corpo coberto de flechadas e sangrando, antes de sucumbir ao chão — terminou Guajupiá.

— Pena que só deu pra entender que ele matou uma onça — diz Marcelo.

— O resto a gente imagina — acrescenta Janaína, a sonhadora.

Todos se puseram em marcha. Sabiam que não tinham mais tempo a perder. A corrida de canoas não esperaria por eles. Logo chegariam ao ponto de encontro marcado por um flamboaiã gigantesco, iluminado como o fogo de um incêndio. Ali seria anunciado o vencedor da canoa mais bem-feita e dali também seria dada a largada à corrida das canoas.

Ouvem-se vozes diferentes de várias tribos. Grupos dispersos se apressam em chegar ao local do lançamento.

Lambaré corre rápido entre penas de araras-vermelhas e azuis que enfeitam vestimentas de festa dos caciques. Um deles sinaliza para Lambaré tomar o lugar de honra.

– Significa que ele é o chefe da equipe vencedora!!! – grita Irakitan, vibrando de alegria.

Paulo na ponta dos pés consegue ver um penacho maravilhoso.

Um jovem sopra uma espécie de flauta. Ecoam notas singelas. Passarinhos se aproximam curiosos. Lambaré, emocionado, recebe um penacho colorido deslumbrante das mãos do chefe da tribo, cujas cores são sobrepostas para formar um arco-íris com tonalidades mais fortes.

Andressa também se emociona. Tira do bolso um lenço para secar as lágrimas e... encosta no celular. Rapidamente puxa o aparelhinho cor-de-rosa.

– Esta cerimônia não posso perder – fala baixinho para Marcelo ao seu lado. – É inesquecível.

Focaliza e clica o botão. Olhando na telinha de seu celular, exclama:

– Saiu linda! Que lembrança bárbara! E tem um recado da tia. Ela quer saber quando a gente vai voltar.

– Diga a ela para não se preocupar, pois o velhinho sabido toma muito bem conta da gente – diz Marcelo, baixinho.

Andressa solta uma risadinha e tenta enviar a resposta, mas a bateria está fraca demais.

– Que azar! – sussurra o amigo. – Mas guarde logo pra não chamar atenção. A gente tenta novamente quando voltar ao forte, senão é bronca da tia na certa.

Os olhos de Lambaré, cheios de lágrimas, dão a volta no grande círculo. Dois colegas prendem a respiração. Não conseguem esconder seu orgulho. Correm para abraçá-lo. Paulo e Marcelo também.

7. Soltem as canoas!

Vai começar o lançamento!
Todos vão à praia.
Um minuto de suspense. Um após o outro, grandes cascos deslizam pela primeira vez até a beira do mar.
Corrida, agito, alegria!
Os índios e os quatro visitantes pulam dentro das canoas.
– Que sorte! – diz Paulo. – Conseguimos agarrar a Muçarete, a obra-prima da equipe do Lambaré.
– Que cheiro gostoso de madeira envernizada – observa Janaína.
– O acabamento é primoroso. Não é à toa que foi premiado! – diz Irakitan, muito observador.
A equipe rema bem rápido. Os ventos favorecem o grupo, que ganha onda após onda.

As outras canoas vão ficando para trás, menos uma. A do irmão de Lambaré, tão craque quanto ele.

Marcelo e Andressa também pegam nos remos.

– Rápido, mais rápido – ordena Irakitan. – Não podemos falhar agora.

A Muçarete passa à frente.

– Força! Coragem! – grita Guajupiá.

– Deem tudo que puderem! – grita Lambaré, chefe da equipe, enquanto a Muçarete desliza elegante e avança mais alguns metros.

Disparam para a Ponta do Cairuçu, lá em Trindade (onde, dizem, os piratas esconderiam ouro um século mais tarde).

– Papagaio! Cada onda! Que emoção! – exclama Marcelo.

Paulo e Janaína também resolvem remar.

Não há lugar para tantos remadores.

Depois de uma confusão, o ritmo é afrouxado um pouquinho.

De repente, a outra canoa os ultrapassa. A equipe com os garotos visitantes navega em alta velocidade. Dá tudo que pode.

Mas a outra equipe é mais rápida.

7. Soltem as canoas!

E vence...

Dentro da Muçarete, o moral fica baixo, mas Janaína exclama emocionada, apontando para Lambaré:

— Mas você é o herói das canoas!

E todos saúdam Lambaré com palmas e assobios.

— Está escurecendo — Janaína avisa. — Não vamos voltar a Paraty?

— Aqui, Trindade — responde Lambaré, sem entender.

Janaína põe as mãos juntas embaixo da testa e finge dormir.

— Ah! — exclama Lambaré, apontando para uma oca ali perto.

Marcelo, Paulo, Andressa e Janaína se entreolham preocupados.

— A tia vai subir a serra se a gente não aparecer em casa à noite — diz Janaína, procurando o celular rosa que ela sabia estar descarregado. Tenta uma última vez.

Zebra total.

Os quatro ficam agoniados; sabem que vão levar uma superbronca, mas nada podem fazer.

— O jeito é cair na real e dormir aqui mesmo — diz Marcelo.

Depois de uma noite na oca, os garotos acordam um pouco doloridos. Paulo comenta:

— É lindo acordar ao ar livre, mas minha cama é bem mais confortável.

— Concordo — acrescenta Janaína sorridente.

Bem cedinho nadam em um mar azul-turquesa maravilhoso.

— Chega a ser transparente de tão cristalino — observa Marcelo.

Ouve-se o som da água despencando aos borbotões na mata fechada. Poty comunica à sua turma com sinais engraçados.

Saem correndo até a cascata escondida. Todos esticam os pescoços e abrem a boca.

Que delícia! Os pingos prateados descem fresquinhos. A ducha despenca rápida e gelada sobre seus corpos bronzeados.

Paulo faz uma observação importante:

— Como são fortes e felizes enquanto são donos desta terra.

Quando voltam, já é noite. Ouvem os ruídos de cada folha. Há um perfume noturno delicado. É como penetrar no invisível.

7. Soltem as canoas!

Piscam mais de um milhão de estrelas. Somadas aos pirilampos, formam uma cascata de brilhantes.

Sob o céu estrelado, os mais velhos já acenderam a fogueira do silêncio sagrado. Chega a hora de os mais jovens fazerem as perguntas. O pajé havia mandado buscar Memo no alto do morro e anuncia sua presença entre os chefes.

Seus feitos heroicos foram contados de geração em geração. Seu senso de justiça é mais que uma lenda.

Marcelo e Janaína percebem que os olhos puxados de Memo brilham como vaga-lumes. Talvez esteja revivendo seu mundo antigo quando era a ele que todos faziam perguntas.

O fogo ilumina a noite; a sabedoria dos mais velhos ilumina os jovens.

Todos ouvem atentamente; ninguém se mexe.

— Que respeito pelos mais velhos — sussurra Janaína no ouvido de Andressa...

De repente levam um susto tremendo.

— Olhem lá! Está chegando um monte de gente — exclama Janaína, intrigada com os vestidos longos de mangas compridas das mulheres. Todas com lenço na cabeça.

Aventura em Paraty

– Com certeza é gente de outro lugar. É noite e não podemos enxergar os navios que devem tê-los trazido até aqui. Amanhã cedo o porto estará cheio de barcos – diz Paulo.

As garotas despedem-se às pressas dos índios, que já fugiam em direção a suas aldeias. Sempre que viam tribos estranhas, se apavoravam e sumiam na mata densa.

– Obrigada por tudo – elas falam bem alto.

Eles gritam outras tantas palavras que devem significar "obrigado" também.

Os garotos ajeitam Memo com cuidado na esteira robótica e partem em direção ao forte, agora com um pouco mais de traquejo no manuseio dos aparelhos sofisticados, de última geração.

– Mas, afinal, quem eram essas pessoas brancas que se aproximavam? – pergunta Paulo. – O que procuravam na terra dos índios?

Memo conhecia bem essa triste história... mas não disse nada. Preferia que os jovens descobrissem tudo por meio de um novo personagem.

Andressa sabia que aqueles recém-chegados eram portugueses. De volta ao forte, explica aos colegas que eles surgiriam de tudo quanto era lado. Plantariam tanta cana-de-açúcar, que dariam origem a canaviais

7. Soltem as canoas!

por toda a parte. E não só a canaviais. Ergueriam engenhos para fabricar açúcar e aguardente. Iriam enriquecer e chamariam a atenção de mais e mais parentes para a possibilidade de riqueza na colônia ultramarina. Até o dia em que não haveria mais espaço no morro para tantos sobrados.

Então começariam a pensar nas terras em volta do porto, lá em baixo, já que este se prestava à navegação. Mas surgiria outro problema: as terras entre os Rios Perequê-Açu e o Patitiba, onde hoje se localiza o Centro Histórico, pertenciam a uma senhora abastada chamada Maria Jácome de Melo.

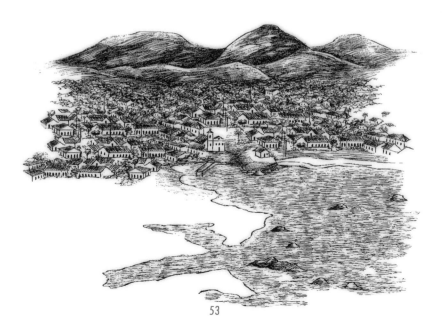

8. Uma senhora ecológica no século XVII

Janaína, Paulo e Andressa sobem novamente na esteira eletrônica. Marcelo confere o gerador e os quatro propulsores. Surpresa! Acha os cintos de segurança embutidos embaixo das rodas e os indica aos colegas. Afinal, ninguém queria passar por todos aqueles solavancos outra vez.

Segura o controle com firmeza e dá a partida. Há uma arrancada surpreendente, e lá se vão os quatro em alta velocidade rumo ao século XVII. Ao aterrissar, deslocam-se até o Morro do Forte, onde se localiza o primeiro povoado português de Paraty.

— Olha, que vilarejo pequeno! – observa Janaína.

— Ué, cadê o forte? – pergunta Paulo confuso.

8. Uma senhora ecológica no século XVII

– Ainda não foi construído. Estamos na metade do século XVII. O forte só será construído mais tarde – cochicha Janaína no ouvido de Paulo.

Uma elegante senhora de saia comprida até o chão se aproxima e resolve conversar com os garotos.

Apesar de estranhar os *shortinhos* e as regatas das meninas, lança ao grupo um olhar acolhedor. Animada com o diálogo que acabara de ter com o vigário de uma igreja no Rio de Janeiro, resolve narrá-lo, detalhadamente, aos jovens que acabara de conhecer após uma breve, mas simpática apresentação:

– Olá, meus jovens! Gostariam de conversar um pouco comigo?

Após a confirmação, ela começa a descrever a conversa que tivera com o padre:

– "Bom dia, dona Maria!", exclamou o padre, sorridente para mim. Eu o conhecia bem. "O que será que ele vai me pedir agora?", pensei. "Sabe, dona Maria, estive me lembrando de que lá em Paraty ainda não tem uma bela matriz. Só existe a capela de São Roque", ele falou, enquanto eu permanecia caladinha. "E o padre que esteve lá no último Natal disse que o lugar está muito apertado, lá em cima do morro. A senhora tem tantas propriedades... Penso que poderia nos ceder alguma. Não acha?" Eu, que não sou boba, respondi: "Se a Igreja ajudar na construção da matriz, eu até posso doar uma sesmaria, mas com a condição de que a padroeira seja Nossa Senhora dos Remédios, à qual sou muito devota". E, antes que o padre pudesse opinar, continuei: "E tenho uma segunda exigência: que nenhum índio seja maltratado nestas terras. Afinal, são os verdadeiros donos daqui e respeitam a natureza."

Janaína, boquiaberta, observou:

– Puxa, dona Maria, a senhora se preocupa com os índios e a ecologia. Parabéns!

E ela:

– Minha filha, se a gente não começar já, o que será deles e da nossa terra daqui a uns duzentos anos?

– Ainda bem que ela não pode ver o que virou agora, quatrocentos anos depois, senão morreria de ataque apoplético – cochichou Janaína para Marcelo.

Ele riu e confirmou:

– Ainda bem mesmo!

– Meus jovens, eu não terminei de narrar a vocês minha conversa com o padre. Eu disse a ele que não podemos nos esquecer da maré. A cada aguaceiro, ela avança muito além da praia. As casas e ruelas precisam de proteção. Ele, claro, concordou comigo. Então cedi

8. Uma senhora ecológica no século XVII

umas terras à beira-mar, do outro lado do Rio Perequê-
-Açu, e assim todos ficaremos contentes, o povo, o
padre, e eu, a proprietária.

– Pelo menos uma história com final feliz – diz
Paulo.

Os garotos agradeceram e despediram-se da rica
senhora que fez Paraty prosperar.

Uma nova revoada na esteira eletrônica rumo ao
presente depositou os garotos no mesmo lugar, mas
com uma grande diferença de tempo:

– Olha o forte – grita Paulo entusiasmado!

Desta vez Memo os aguardava satisfeito e curioso
para saber as reações dos garotos à conversa de dona
Maria Jácome com o vigário.

Andressa aproveita para recarregar seu celular na
tomada do computador do museu e, com Janaína, liga
para tia Geralda, que atende assustadíssima:

– Onde vocês estão, criaturas desmioladas? Estou
procurando vocês quatro por toda a parte. Já estava
indo dar queixa à polícia...

– Não precisa, tia Geralda – diz Janaína. – Estamos
numa excursão aqui em Paraty mesmo. Você se esqueceu da ligação do Marcelo quatro dias atrás?

Aventura em Paraty

— Como é possível? – pergunta a tia, incrédula. –
Procurei por todos os lugares!

— Não, tia, é meio complicado... a gente voltou no
tempo...

— Pare de falar asneira, Janaína, senão serei obrigada a chamar seus pais imediatamente!

— Tia querida, a gente está com um adulto. Tentei
deixar recado, mas a bateria começou a fraquejar.

— Pois é, Janaína, e o meu coração também.

— Não se preocupe, tia! Prometo que daqui a uns
quatro ou cinco dias já estaremos aí pra abraçar você e
relatar nossa aventura.

— Vocês são mesmo uns malucos, bem que sua mãe
havia me avisado. E o Paulinho? – pergunta a tia mais conformada. – Ele também está gostando dessa loucura toda?

— Está adorando, tia! Estamos todos encantados e
apreendendo muita história. Daqui a uns dias a gente
se vê! – e, malandra que era, Janaína desliga rapidinho.

9. Retomando a leitura do livro de Memo

O povoado cresceu e, posteriormente, passou a se chamar Vila de Nossa Senhora dos Remédios de Paraty.

– Não foi aqui que descobriram montes de ouro? – questiona Paulo.

– Acho que o ouro vinha das Minas que eram chamadas de Gerais – rebate Marcelo.

– É, sim – diz Janaína. – Quando a gente esteve no Parque Nacional da Bocaina, a gente viu a Estrada do Ouro toda calçada pelos escravos, que traziam o ouro de Minas Gerais e o levavam até Paraty.

– Com todo esse ouro, Paraty deve ter enriquecido rapidinho – conclui Paulo sem pensar.

– Só que o ouro não era de Paraty. A gente era uma colônia portuguesa, lembra? – diz Marcelo. – O ouro era de Portugal.

Aventura em Paraty

– E o que diz o livro do Memo? – pergunta Andressa.

Marcelo continua a leitura:

– "O problema era transportá-lo até Portugal. Em lombo de burro por tropeiros que partiam de Ouro Preto, em Minas Gerais, o ouro subia pela Serra da Mantiqueira, descia novamente, cruzava o Vale do Rio Paraíba, subia pela Serra do Mar e descia pela Serra do Facão, uma antiga trilha indígena, até o Porto de Paraty. Por quase dois séculos, Paraty foi o escoadouro de todo o ouro que vinha de Minas Gerais até ser embarcado para Portugal. Toneladas de diamantes, topázios, águas-marinhas e ametistas também passaram pelo Porto de Paraty rumo ao Rio de Janeiro para depois serem embarcados para Portugal. Um dos perigos enfrentados pelos tropeiros no caminho enlameado pelas chuvas eram os precipícios! Os burros amedrontavam-se, escorregavam na lama e muitas vezes precipitavam-se impetuosamente morro abaixo. Tudo despencava no abismo: escravos, animais e a carga."

– Que desgraça! – exclamam os quatro ao mesmo tempo.

– Tantas tropas escorregaram pra morte que o povo batizou um dos trechos mais perigosos de "Serra do Quebra-Cangalha" – explica Marcelo.

9. Retomando a leitura do livro de Memo

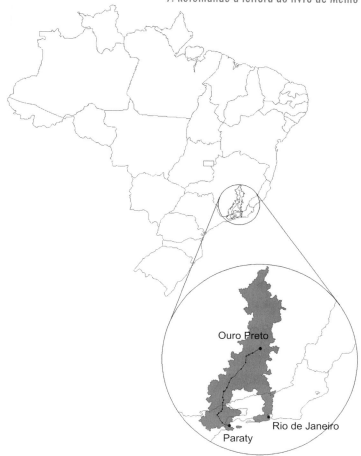

– Deve ter sobrado montanhas de ferraduras – afirma Paulo pensativo.

– De fato, Paulo – continua Marcelo –, muitos aventureiros mandaram apanhar montes delas enterradas na lama. Fizeram fortunas! Havia também assaltantes que se escondiam no mato pra roubar as cargas. Mas sabem qual era o maior perigo?

– Os piratas! – grita Paulo, eufórico!

– Exatamente. Havia piratas ingleses, franceses, espanhóis e holandeses infiltrados por toda a costa brasileira. Centenas de seus navios conseguiram apoderar-se de milhares de quilos do ouro destinado a Portugal. Das mais de novecentas mil toneladas de ouro extraídas das minas das Gerais e das minas de Goiás, parece que a quinta parte foi contrabandeada, e não apenas por piratas.

– Pra onde foi o tesouro que os piratas levaram? – pergunta Paulo, batendo na mesma tecla.

– Não é você, caro priminho – lembra Janaína, aproveitando-se para tirar sarro do primo –, que acha que o tesouro está escondido nas praias de Trindade?

– Será que ainda sobrou alguma pepita preciosa? – pergunta ele com os olhos faiscando.

– Só perguntando pra eles – retruca Janaína dando risada. – O Memo não disse que eles vêm aí? É só aguardar mais um pouquinho.

Marcelo continua lendo:

– "Após meses na estrada, enfrentando chuvas e tempestades que duravam semanas, com a roupa encharcada, famintos, cansados, empoeirados, cheios de pulgas e malcheirosos, os tropeiros se benziam quando finalmente chegavam a Paraty."

9. Retomando a leitura do livro de Memo

– Por que justamente Paraty? – pergunta Janaína.

Marcelo responde lendo os últimos parágrafos sobre a época dos piratas:

– "Esta pequena vila oferecia um lugar seguro para guardar as sacas de ouro e as pedras preciosas, além de ser um ótimo porto para o embarque das mercadorias para Portugal. Mas, com tantos piratas no porto e mais os problemas de percurso na estrada, um dia será necessário abrir outro caminho que chegue ao Porto do Rio de Janeiro sem passar por aquele de Paraty. Este virá a ser o Caminho Novo da Piedade, que ligará as minas de ouro e de diamante em Minas Gerais à atual cidade de Lorena, no Vale do Paraíba. De Lorena, na época chamada de Freguesia da Piedade, chega-se diretamente ao Rio de Janeiro percorrendo todo o vale. O novo percurso pelo vale será muito menos perigoso, daí que será fechado o tráfego pelo velho caminho indígena da Serra do Facão, que leva a Paraty."

– Espere aí – diz Janaína preocupada. – Isso não irá prejudicar o Porto de Paraty?

– Lógico! – retruca Marcelo. – Sem tropeiros, sem soldados, nem piratas, não haverá mais movimento, e a cidade pode até virar um vilarejo sem importância nenhuma.

– Quantos problemas! Parece que só dava pepino – diz Paulo, com sua ingenuidade característica.

Memo aproveita para contar que nem tudo deu zebra depois que construíram a estrada ligando as minas diretamente ao Porto do Rio de Janeiro:

9. Retomando a leitura do livro de Memo

– Alguém vai contrabandear a muda de uma planta muito valiosa que vai virar a sorte a favor de Paraty. Mas...

Ouve-se uma balbúrdia de animais que se movem ao longe. É uma carga de ouro chegando. Sabendo da importância dessa cena para os garotos, o robô acelera por controle remoto para que cheguem mais rapidamente e possam ver a cena ao vivo.

Dá a partida da esteira eletrônica onde Janaína e Andressa mal conseguem se acomodar. Marcelo, como sempre, vai checar o gerador, mas o robô lhe acena que isso não será necessário.

Janaína volta para pegar o celular carregado. Pula na esteira e coloca-se de bruços, segurando firme em um cabo de aço para não perder o equilíbrio. Marcelo dá a partida. Todos afivelam seus cintos, menos Janaína, que espicha o corpo e mal consegue distinguir o longo tropel de burros carregados de sacas perto do porto. Um pouco embaçadas, avista também algumas naus a vela.

Atônita, a menina avisa os colegas, mas, quando Paulo e Marcelo tentam ver a tropa, percebem que ela já desapareceu na poeira da estrada.

Janaína aproveita para relatar ao primo que conseguiu avisar tia Geralda sobre o paradeiro deles.

— Ela está bem? — pergunta ele.

— Você sabe o jeito dela, né, Paulo? No começo estava superpreocupada, depois, quando soube que tem um adulto entre nós, ficou mais calma.

— Você disse que o adulto tem quinhentos anos?

— E eu sou maluca? — responde Janaína rindo.

Como Memo havia prometido, uma nova aventura os aguardava.

10. Piranha do Rio Purus, um pirata

Um pirata, sem nenhum tapa-olho, vestindo uma calça preta úmida arregaçada até os joelhos e uma camisa suja, meio rasgada, está saindo da Prainha do Pontal quando encontra os quatro jovens curiosos. Aproxima-se deles. O tempo está chuvoso, o céu, cinza, mas Paulo, aceso feito sirene em carro de polícia, entra em alfa.

– De onde vocês vêm com estes trajes tão esquisitos? – pergunta o pirata.

– A gente vem de outro mundo – diz Paulo, delirando de alegria por falar com um deles.

– Isso eu já reparei – diz o pirata debochado. – O que fazem aqui nesta praia?

– Viemos conhecer o seu mundo – responde Marcelo prontamente.

Aventura em Paraty

– Nosso mundo é cheio de mistérios e segredos – retruca o pirata, durão, com jeito de que não vai contar nada.

Andressa é intuitiva. Percebe que no fundo ele é boa-praça e tenta com seu jeitinho meigo e sorridente:

– Diga-nos seu nome ao menos.

– Piranha do Rio Purus.

– Ah! Você vem do Amazonas? – vai ela sondando.

– Que nada! Sempre vivi na praia. O mar me encanta desde menino. Entrei pra vida de pirata – acrescenta, com um brilho peculiar nos olhos – pensando que ia ser fácil viver no mar e ficar rico bem depressa. Só um pequeno problema: não é tão fácil assim.

Surge então um homem musculoso que parece não estar para brincadeiras. Dono de uma voz tonitruante, berra para Piranha do Rio Purus:

– Ande, paquiderme!!! Deixe de conversa-fiada com esses garotos inúteis.

Andressa e Janaína, ofendidas, olham feio para o homem.

– É o chefe, Pico de Jaca, cabra da peste como ele – sussurra Piranha aos ouvidos dos dois garotos.

– Será que a gente poderia ir com o senhor até seu navio? – pergunta Paulo entusiasmado.

10. Piranha do Rio Purus, um pirata

– Prestem bem atenção, garotos – fala Piranha do Rio Purus, bem baixinho, depois que Pico de Jaca se afasta –, meus companheiros corsários, Papagaio de Meia Pataca, Periquito da Paçoquinha, Pernilongo Perna de Pau, Periquitamboia Papa Tudo e Piolho de Vidro já devem estar posicionando nossos navios para tomar posse do ouro dos navios portugueses. Não será fácil, porque os lusos são perspicazes. Providenciam sempre uma escolta de fragatas para proteger a nau dos quintos, aquela que será carregada de ouro. Aí complica, e a gente não sabe mais qual é qual.

– Não dá pra descobrir? – pergunta Paulo, curioso.

– Sim, mas eles pensam que não podemos descobrir seu segredo – retruca Piranha.

Ouve-se um tiro de canhão! Como aconteceu quando ouviram o primeiro estrondo no Morro do Forte, Andressa e Janaína se encolhem apavoradas. Os garotos somem dali rapidinho, com o pirata.

– Será um novo robô? – pergunta Paulo, escondido atrás de um rochedo.

– "Ro" o quê? – questiona Piranha do Rio Purus, estranhando a palavra desconhecida.

Ninguém responde. Os quatro não se aguentam de rir.

Aventura em Paraty

– Pensei que alguém tivesse falado algo por aqui –
diz Piranha do Rio Purus, confuso.

E continua:

– Quando soa esse tiro de canhão, são seis horas
em ponto. É o sinal para o guarda fechar o portão de
ferro batido da Vila de Nossa Senhora dos Remédios
de Paraty. Agora a guarda do tesouro será confiada às
sentinelas que estão dentro do povoado. O povo vai
dormir tranquilo.

"Preciso sair correndo avisar para meus assisten-
tes – avisa Piranha. – Nosso plano entra em ação assim
que escurecer; não podemos perder um minuto.

Em seguida faz sinal aos garotos para segui-lo, mas
avisa:

– Sem dar um pio.

Chegando à extremidade mais distante do porto,
Piranha aproxima-se de uma nau com bandeira in-
glesa fajuta.

– Estão vendo aquele velhinho com venda preta
no olho direito, atrás do barril de pólvora? É Papagaio
de Meia Pataca, o velho vigia que vai subir no cesto da
gávea sem ser visto. Ele precisa segurar firme nas cordas,
só que a escada balança muito. A cada passo, quem
sobe ali vai ficando cada vez mais tonto. Se durante o

Aventura em Paraty

dia já é difícil, imagine agora no escuro. Qualquer deslize, o barulho de uma queda, por exemplo, e o vigia será fuzilado na mesma hora. Mas Papagaio faz isso há mais de trinta anos, e essa noite não apresenta nenhuma novidade. Com seu óculo de alcance, ele vai tentar enxergar qual dos navios leva o tesouro. Se prestar muita atenção, ele vai perceber uma longa fileira de escravos carregando as sacas de ouro para o porão de um dos navios. É difícil vê-los, pois os escravos também trabalham enquanto ainda é noite...

— Posso subir no cesto da gávea? — implora Paulo, aproximando-se do navio.

— Ei, garoto, pare aí! — berra Piranha do Rio Purus. — Não sabe que só cabe um na gávea?

Frustrado, Paulo diz baixinho:

— Ao menos podia ser mais educado.

Andressa sorri:

— Você ainda queria um pirata bem-educado. Olha, ele faz pose de ruim, mas garanto que tem bom coração. As aparências enganam.

Janaína pergunta o que são aquelas portinholas nas laterais das fragatas.

— São bocas de fogo. Cada uma está cheia de pólvora — responde Piranha, com cara feia, já arrependido de ter

10. Piranha do Rio Purus, um pirata

convidado aqueles garotos curiosos para ir ao porto.

– Dá pra sentir o cheiro de pólvora daqui – comenta Marcelo baixinho.

– Calem a boca já! – ordena Piranha, irritado. – Não percebem que eu devo ficar atento aos movimentos dos meus companheiros em vez de perder tempo com perguntas cretinas?

Os garotos se encolhem e se calam. Entreolham-se sérios. Pisaram feio na bola.

Piranha ouve Papagaio de Meia Pataca sussurrando algo lá de cima:

– Um dos navios tem uma portinhola a menos! Periquito da Paçoquinha! Temos uma pista! – exclama Papagaio, o pirata vigia, todo satisfeito.

– Quer berrar mais baixo? – fala Piranha irritado.

Rapidamente traçam seus planos. Piolho, Periquitamboia e Pernilongo, lobos do mar calejados, se encarregam de destruir as fragatas vazias. Para Piranha, sobrou a tarefa de tomar o "navio dourado" com os melhores nadadores. De preferência, sem afundá-lo.

Ficou acertado que ele e mais dezenove piratas iriam nadar até uma légua da costa para tomar o navio cobiçado, já em movimento. Naturalmente com forte proteção na retaguarda.

Agora é só esperar. Lá no ancoradouro há fragatas portuguesas com centenas de sacas de ouro que ainda serão armazenadas nos porões esta noite. Os garotos estão atentos a tudo; não querem perder um movimento sequer dos piratas nem dos navios com o tesouro.

A brisa noturna é fria. Piranha está trêmulo, os músculos tensos. Aguarda o momento exato para se lançar ao mar. Em cima de botes espalhados por várias naus, todos os companheiros nadadores estão de prontidão.

– Socorro!!! Não vejo nosso comboio de proteção – murmura Piranha, preocupado. – Algo falhou... Que horror! E agora? Se não cumprir ordens do chefe para saltar, eu serei fuzilado; se saltar, eu serei preso. Padecer de novo na prisão não me apetece nem um pouco. O que me resta fazer agora?

Os garotos percebem que deu zebra. Mas calam-se para não perturbar Piranha, que começa a falar sozinho:

– Fui pilantra trinta anos... Sei muito bem que praticar roubo merece cadeia. Esta parada está perdida. Se continuar aqui e levar um tiro, eu posso morrer ou ficar aleijado. Será que devo desistir?

Enquanto ele pensa no que fazer, vários outros piratas, inclusive Papagaio, já estão pulando nos botes, tentando fugir o mais rápido possível.

10. Piranha do Rio Purus, um pirata

Confuso, Piranha começa a divagar cada vez mais.

– Sempre vi a paisagem de Paraty, mas nunca tive tempo de passear por lá. Parece bonita, mas aqueles canaviais cheios de escravos maltratados me dão até arrepio. E o pior, há crianças que trabalham de sol a sol com os adultos. Uma grande injustiça! Pensando bem – continua a dizer em voz alta –, tenho uma porção de moedas de ouro enterradas numa praia lá do outro lado da baía. Melhor fugir sem demora.

Marcelo, que ouvira o raciocínio cuidadoso de Piranha, pergunta inocentemente:

– Seu Piranha, não seria uma boa ideia usar parte do seu tesouro para comprar a liberdade de alguma criança escrava?

– Eu tive a mesma ideia. Você deve ser inteligente.

Andressa e Marcelo trocam olhares orgulhosos.

Paulo, ingênuo como sempre:

– Posso ajudar a desenterrar suas moedas?

– Tá maluco? – responde Piranha, aborrecido. – Isso é segredo profissional.

Dando as costas a Paulo, Piranha comunica decidido:

– Vou imediatamente cavar algumas moedas do meu tesouro. Serei o Pirata Libertador.

Janaína aplaude baixinho, mas já está maquinando outra ideia... Começam a se despedir. Apesar de fascinados pela experiência, os garotos moderam suas exclamações. Afinal Piranha e seus companheiros correm perigo. A expedição dos piratas fracassou... ou será que algo ainda pode ser salvo?

Marcelo sai andando em direção à esteira. Paulo, entusiasmado com o que irá relatar em sala de aula, se apressa para alcançar Marcelo.

Andressa e Janaína confabulam algo entre si. Voltam até Piranha e o felicitam pela decisão corajosa. O pirata enche o peito de orgulho e vira-se para partir.

Janaína cochicha algo em seus ouvidos.

– Mas como se não conheço nenhum? – pergunta ele, meio desnorteado.

– Olhe, o Memo, nosso guia da Memória de Paraty, disse que vamos conhecer um canavial cheio deles.

– E se me reconhecerem na vila?

– Você sai de fininho e vai providenciar o principal para alforriar um escravo. Depois você nos alcança no forte. Ninguém o reconhecerá lá em cima.

– É verdade... lá, não – diz, enquanto sai pensativo em direção a Trindade.

11. Breve parada no morro de Memo

*D*e volta ao forte, os garotos, contentes, relatam a aventura no navio pirata e tudo o que viram e ouviram. Memo tem um olhar interessado. Paulo conta como surgiu a ideia de alforriar uma criança escrava, mas levanta os ombros meio desiludido.

— Sabe-se lá se Piranha vai sequer lembrar do que lhe sugerimos...

Janaína e Andressa trocam olhares furtivos.

Marcelo retoma a leitura do livro do Memo:

— "Durante quase dois séculos, toda esta região foi coberta por imensos canaviais. Paraty chegou a ter mais de cem destilarias no século XVIII (1701-1800). Os escravos eram obrigados a plantar, colher e moer a cana e, em seguida, destilar o açúcar e transformá-lo em aguardente ou pinga."

– É a mesma coisa que cachaça? – pergunta Paulo.

– É – retruca Memo, que era entendido até sobre isso. – Ela ficou tão famosa que "me dá uma Paraty" significa "me dá uma pinga". Mas era terrível ver aquela massa humana sofredora, malnutrida, às vezes doente, se arrastando nos canaviais, trabalhando de sol a sol.

– Eles ficavam 24 horas no canavial? – quer saber Paulo.

– Não – responde Memo. – De sol a sol quer dizer desde o nascer do sol até o pôr do sol, ou seja, umas doze horas de trabalho. Mas era trabalho forçado. O escravo não podia sair daquela fazenda e procurar outra. Era propriedade do senhor que o havia adquirido como uma mercadoria qualquer. Ademais, a escravidão estava por toda a parte. Vocês vão viajar até a Fazenda do Engenho, que é a mais próxima, onde verão de perto o que era a escravidão.

Marcelo começa a dar a partida na esteira robótica. Agora tem mais prática. Já não sofre os solavancos da primeira viagem.

– Nem será uma viagem longa – diz Memo –, pois a escravidão conviveu com a época dos piratas.

11. Breve parada no morro de Memo

Infelizmente, não terminou quando estes se foram. O Brasil foi o último país das Américas a abolir a escravidão, o que aconteceu só em 1888.

Com tristeza nos olhos, Memo encaminha os quatro garotos à esteira, que os conduziria à fazenda de escravos, advertindo-os de que presenciariam algo terrível.

12. Chegada à Fazenda do Engenho pela senzala

De um lado, os jovens observam um grupo de negros obrigados a girar uma moenda como se fossem animais de tração. Do outro lado, veem um menino negro muito magro, falando sozinho, coberto apenas por trapos rasgados e sujos.

Paulo sente medo e olha em volta para garantir que Marcelo esteja ali por perto.

Marcelo se sente ultrajado.

– Como é possível uma barbaridade desta? – pergunta inconformado.

Um negro forte acena para que o garoto fique calado.

– Estas são as regras deste mundo – sussurra Marcelo resignado.

12. Chegada à Fazenda do Engenho pela senzala

Uma fumaceira vem do engenho. Paulo começa a sentir-se ligeiramente embriagado pelo cheiro forte de pinga que sai do alambique.

Em meio à fumaça, aparece um vulto empoeirado carregando um embornal de couro nos ombros. De botas velhas, surradas e semblante exausto, tem um brilho peculiar nos olhos.

Andressa e Janaína ouvem o tinido das moedas de ouro. Trocam olhares disfarçados.

– Não pode haver dúvida. É Piranha – sussurra Janaína para a amiga.

Emocionada, Andressa fica boquiaberta.

– Então ele vai mesmo cumprir sua palavra.

O vulto caminha em direção à casa-grande para tratar diretamente com o feitor da fazenda. Certamente terá sucesso, porque as crianças não são desejáveis nos engenhos. Como não podem trabalhar até os sete anos e precisam ser alimentadas, são vistas como um grande prejuízo.

13. Lumbá, filho de escravo

Lumbá está pensando baixinho: "Queria ser como índio; correr solto pela mata. Índio é livre pra fazer o que quiser. Eu, não. Queria brincar lá fora, subir nas árvores, mas ele grita: 'É proibido'. Gostaria de montar o cavalinho do filho do senhor quando ele não está, mas ele me avisa: 'É proibidíssimo'. Vejo o mar azulado tão pertinho... Queria dar só um pulinho na praia, mas pode dar o pior problema porque lugar de preto é na senzala. Que pena!"

De repente percebe uns garotos brancos olhando pra ele.

Paulo o olha com hesitação. Andressa lhe sorri amigavelmente.

– Onde você mora? – quer saber Janaína.

13. Lumbá, filho de escravo

– Sabem o que é senzala? – pergunta Lumbá, caminhando em direção a uma delas.

Os quatro seguem o garoto temerosos.

– Senzala é este porão escuro. Aqui dormimos no chão com centenas de escravos encostados uns aos outros. Não tem janelas. Depois dizem que é fedorento; lógico, é uma pocilga. Nem bicho vive assim – fala Lumbá, baixinho, para que ninguém escute suas reclamações.

– Ai, que fedor insuportável! – exclama Paulo, fugindo da senzala a cem quilômetros por hora.

Marcelo pisa em um cocô amontoado e corre lá fora para limpar o tênis em umas folhas. Andressa começa a passar mal. Por pouco Janaína não vomita.

– Como é possível dormir aí, com todo mundo amontoado? – eles se perguntam.

– Ai, que nojo! – diz Paulo.

– Nojo e falta de respeito! – continua Janaína

Lumbá se afasta da senzala. Marcelo, Andressa e Janaína o seguem aliviados.

– Antes de o sol nascer – conta Lumbá –, todos os escravos levantam do chão e se põem em marcha pelo caminho poeirento até o canavial. Uns plantam cana, outros trabalham no engenho pra fazer açúcar e uns no alambique, onde sai a pinga. Só podemos voltar depois que o sol se põe. O pior é que, no dia seguinte, começa tudo de novo – lamenta com tristeza.

Em seu famoso poema "Canavial", Cecília Meireles (uma grande poeta brasileira) descreve as pernas finas das crianças escravas. Lumbá era assim, magricela, de pernas finas e sorriso maroto.

– Nem posso reclamar – diz para os visitantes. – Tenho os pais perto de mim. Tem moleque que só tem mãe. O pai foi vendido lá no vale, e ninguém sabe se está vivo ou morto. Tem moleque que não tem um nem outro. Uma tristeza só.

14. O capataz

Uma voz enfurecida chega acompanhada de pesadas passadas; canhoto, seu dono rodopia o chicote de couro grosso. Os quatro visitantes tremem.

Era um homem barrigudo, forte, de rosto oval, olhos pequenos, escuros; parecia mais uma ratazana que um ser humano. Suas orelhas eram muito baixas e feias e, acima de uma delas, havia uma cicatriz profunda. Isso acontecera em uma luta com um escravo jovem e forte, que, antes de fugir para o mato, desferira no capataz um golpe quase mortal. Nesse dia, o capataz havia resolvido vingar-se de qualquer escravo que não andasse na linha. Se antes seu olhar era apenas amedrontador, agora a truculência transpirava por todos os poros da sua pele malcheirosa.

O capataz reconhece Lumbá e, com olhos de onça furiosa, gira o chicote no ar, como os peões fazem para comandar o gado.

Vira-se para Lumbá com voz tonitruante e ameaça:

— Chega de sustentar preguiçosos que não fazem nada! No próximo plantio, você e seu irmão Akymbe vão pro canavial!

Ninguém se mexe.

Paulo clica uma foto do capataz com seu chicote chispando no ar feito cobra quando vai dar o bote. O capataz avança em direção a Paulo com cara de onça enfurecida. Surpreso com a roupa diferente do garoto, ele berra:

— O que você está fazendo, menino enxerido?

— Nada, senhor capataz. Só estava coçando meu olho — diz o garoto apavorado, fazendo o celular desaparecer no bolso rapidinho. Jamais a ratazana poderia imaginar que Paulo o havia documentado. Mas, se o olhar matasse, Paulo estaria morto.

O capataz segue adiante, mal-humorado.

Assim que ele desaparece na curva, Lumbá fala baixinho:

— Esse é a peste que desce o chicote em qualquer um. É tanto grito que se escuta de escravo sendo açoitado...

14. O capataz

— Que barbaridade! — exclama Janaína, revoltada. — Por que os escravos são chicoteados?

— Primeiro, porque desobedeceram a alguma ordem. E, depois — diz Lumbá, baixando os olhinhos escuros, envergonhado —, a gente apanha porque é negro.

— Mas isso é uma injustiça, além de ser proibido. Por que vocês não reclamam para o senhor da fazenda? Tenho até uma prova — diz Paulo, pensando com orgulho na sua foto do chicote a estalar.

— De que adianta se é ele mesmo quem contrata o capataz para bater na gente? Aqui quem manda é o senhor — responde Lumbá, e acrescenta com olhar malandro: — Mas Akymbe e eu ainda temos nosso segredo. Conseguimos nos tornar invisíveis.

— Como? Invisíveis? — pergunta Marcelo.

15. O esconderijo

— Foi assim. Um dia, caminhando com meu irmão, depois de passar em frente à casa da fábrica onde fica a moenda de cana, eu reparei que havia uns animais perambulando perto do alambique.
– O que eram? – perguntou Andressa.
– Gambás!
– Oh! Bicho que adora pinga. Dizem que é por isso que a gente diz: "Bêbado que nem gambá!" – exclama ela.
– Fomos atrás dos gambás e percebemos que eles entravam e saíam de um emaranhado de árvores – conta Lumbá baixinho, agachando-se como fez naquele dia com o irmão. "Que será que tem lá?", perguntei bem baixinho para o Akymbe. Avançamos sem dar um

15. O esconderijo

pio. Quando chegamos perto, descobrimos uma toca atrás das raízes compridas da figueira gigante. Lá dentro ninguém nos vê, mas entre as raízes podemos ver quando o capataz passa. Lá estamos quase em liberdade. É fantástico. Desde aquele dia, quando não chove, vamos até lá brincar de índio. Com muito cuidado, claro!

— Você e o Akymbe são danadinhos mesmo — diz Janaína admirada.

— No tempo das flores — Lumbá continua sorridente —, o chão fica coberto de cor de maravilha por causa das flores do jambo; de amarelo, por causa da acácia; e de rosa ou roxo, da quaresmeira. Parecem tapetes da terra do meu pai. Na folga do capataz, eu entro um pouco na mata e fico bobo com tanto passarinho cantando. Dá tanta vontade de chupar manga bem madurinha, mas, se alguém me vir, posso ser chicoteado por roubo. Deus me livre! Estremeço só de pensar.

Janaína franze a testa perplexa ao ouvir um absurdo daqueles.

— Olhe — diz Lumbá —, ser escravo é estar sempre tremendo de medo. Medo de ser punido mesmo se não fizer nada, medo de ser visto onde não deveria estar, medo até de estar vivo.

Aventura em Paraty

– Que horror! Nunca poder fazer o que se quer – murmura Marcelo, pasmo.

Sopra uma ventania! Escurece rapidamente. No céu, nuvens grossas e escuras encobrem tudo. Akymbe aparece, magrinho, tremendo de frio:

– Lumbá! Olha lá como o mar está agitado. Vamos embora. Estou morrendo de medo.

Com o faiscar dos relâmpagos, as crianças sentem o cheiro da chuva que avança, sinais de tempestade. O céu torna-se cinza-elétrico, enquanto a passarada dispara a cada estalo dos trovões estarrecedores. Todo mundo sai correndo.

Encharcados, chegam à senzala antes que os pais os vejam. Senão é pito na certa por terem ido brincar lá fora, que é "proibido".

Enquanto desabam torrentes de chuva, Akymbe e Lumbá se transformam em mercadores de tapetes do deserto. O pai deles contara que lá na África ele via grandes caravanas carregadas de tecidos, joias, tâmaras e nozes de todos os tipos. Algumas traziam tapetes muito raros, alguns até bordados com fios de ouro.

Perto de Janaína, Andressa faz de conta que é uma vendedora de tapetes, mas de tapetes reais, como os que vê à sua frente, das mais diversas cores – roxos, amarelos,

15. O esconderijo

rosa, cor de maravilha e vermelhos como os flamboaiãs –, feitos de flores, todos amarrados com cordas de coqueiros.

Marcelo se interessa pelo trançado dos tapetes floridos.

– Que bonitos! São vocês que fazem?

– A mãe ajuda, né? – respondem os dois meninos, orgulhosos.

– O criado Malungo contou que há escravos construindo uma nova igreja dedicada a São Benedito, onde nós também poderemos rezar – diz Lumbá.

– Por quê? Nas outras vocês não podem? – indaga Paulo.

– De jeito nenhum. É surra na certa – responde Lumbá.

– Mas o que eu mais gosto são das festas de Paraty – diz Akymbe.

– Verdade é que os senhores só nos deixam ir pra vila na festa do Divino e no Natal – diz Lumbá. – Quando está toda enfeitada, Paraty é bem bonita! Tem procissão colorida. As senhoras chegam de carruagem e trazem pamonhas, paçocas, pés de moleque e pipoca feitas por elas para as crianças brancas.

– Mas a esposa do senhor da fazenda, dona Santa, sempre traz algum docinho pra nós também – acrescenta Akymbe.

– Ainda bem! – diz Janaína, atenta aos detalhes.

– Quando crescer, eu quero aprender a ser cocheiro; eles têm mais liberdade. Mas meu maior sonho mesmo é ir embora daqui para sempre. Juro que não voltarei nunca mais pra esta fazenda de engenho quando for livre! – diz Akymbe.

– Sua liberdade virá – diz Andressa. – A gente já estudou que um dia não haverá mais escravos em fazenda alguma.

– Quando? – pergunta Akymbe, virando a cabeça, com os olhinhos cheios de esperança.

– Pros seus pais vai demorar ainda um pouco, mas pra vocês dois vai haver uma novidade bem legal – diz Janaína.

16. Surpresa no canavial

*O*uvem-se passos de botas que se aproximam. Dois homens caminham em direção às crianças. O feitor da fazenda está sério como sempre.

Akymbe e Lumbá prendem a respiração, amedrontados. Parecem duas pequenas estátuas. Quem seria o segundo homem cujos olhos brilham de forma peculiar?

Caminha a passos largos, satisfeito consigo mesmo. Sorri alegremente para os dois irmãos escravos que está vendo pela primeira vez na vida.

– Ei, vocês dois aí – diz o feitor bem seco, como se estivesse falando com dois animais. – Vocês estão sendo alforriados agora mesmo, estão entendendo? Vou informar o capataz que no ano que vem nenhum dos dois vai pro canavial.

Akymbe voa, pula, levanta as mãos e corre para abraçar Andressa.

Lumbá dá um grito de júbilo e salta para o lado de Janaína, que o toma entre os braços com lágrimas de alegria.

– Mas é ao pirata Piranha que vocês devem agradecer. Está vendo aquele homem com um embornal vazio nas costas? Estava cheio de moedas de ouro – diz Paulo, ainda sonhando com uma. – Nosso amigo Piranha as usou pra comprar a liberdade de vocês.

Os garotinhos negros pulam em cima do pirata Piranha, que não está acostumado a essas demonstrações de carinho. Sente-se meio esquisito, mas acaba abraçando os dois também.

Todos batem palmas! É um acontecimento raro duas crianças ganharem o direito de ser livres. Quando crescerem, os dois poderão libertar seus pais, e esta ideia se espalhará por toda a parte.

Piranha coloca a mão na algibeira e tira algo que esconde na sua mão esquerda grossa, calejada. Suspense. Todos olham fixo para o pirata que abre a mão. Duas moedas de ouro reluzentes como o sol da manhã brilham em sua palma.

Dirige-se a Paulo:

16. Surpresa no canavial

– Sei o quanto você sonha com estas moedas de ouro. Deseja levar consigo algo do nosso tempo pra mostrar aos colegas do seu mundo?

Paulo delira. Há tempos sonhava com esta glória. Possuir duas moedas de ouro de um pirata de verdade! Não dava nem para imaginar. A emoção era tamanha, que o sangue cantava em suas veias e formigava na ponta de seus dedos.

– Estas são pra você – diz Piranha, entregando-as a Paulo, que salta de alegria pra tudo quanto é lado, atracando-se depois ao pescoço de Piranha, que escorrega pra trás e quase cai no chão de tanto susto.

Paulo o ajuda a se reerguer. Todos dão risadas.

Entre abraços e beijos, Lumbá e Akymbe, agora crianças livres, e Paulo, encantado com seu troféu de ouro, despedem-se com lágrimas de felicidade.

Os quatro jovens sobem na esteira eletrônica e desaparecem no tempo.

Durante a viagem em direção ao forte, Paulo diz pensativo:

– Acho fantástico que, mesmo com medo do chicote, Lumbá e Akymbe fossem tão corajosos a ponto de conseguir driblar o peste do capataz!

– E bota coragem nisso – acrescenta Marcelo, que

comenta seriamente: – Nós assistimos à libertação de dois escravos hoje. Acho incrível. Será a primeira coisa que vou relatar quando chegar à classe.

– Interessante – diz Andressa – que o senhor da fazenda era a autoridade absoluta. Pelo jeito não havia sequer um juiz que pudesse mandar o capataz parar de açoitar escravos.

– Pelo menos na questão da existência de Tribunais de Justiça – diz Janaína –, acho que avançamos um pouco.

Já de volta ao forte, os garotos comentam com Memo que, ainda hoje, a Justiça não é perfeita, mas existem advogados, juízes e tribunais. A escravidão foi abolida há mais de cem anos, e manter uma pessoa em regime de escravidão, fazendo-a trabalhar sem lhe pagar salário, dá cadeia.

– Isso é um grande avanço – diz Memo, que ainda indaga: – Em que condições vivem os negros hoje? O governo lhes deu condições de sobreviver após a Abolição?

– Memo querido, hoje os negros, também chamados de afrodescendentes, ainda sofrem com a forma como foi feita a Abolição – retruca Andressa. – Respondendo à sua pergunta, foram-lhes negadas condi-

16. Surpresa no canavial

ções mínimas de sobrevivência, que bem ou mal tinham nas fazendas, e de um dia para outro foram deixados à própria sorte, na beira de estradas, sem teto, sem alternativas de trabalho e, consequentemente, sem chances de comprar alimentos ou remédios. Na realidade jogaram-nos na miséria sem mais se preocupar com eles. Isso explica um lado da miséria no Brasil de hoje, mas esta já é outra discussão.

17. O café muda o destino de Paraty

—**M**emo – diz Paulo –, lembra que, antes da aventura com Lumbá e Akymbe, o senhor estava contando sobre uma planta milagrosa que iria mudar o destino de Paraty depois que o ouro passou a ser levado diretamente ao porto do Rio de Janeiro?

Marcelo, que sabe a resposta, pisca para Andressa. Ela sorri.

– Seria o café? – aventura-se ela, com medo de falar bobagem.

– Precisamente – responde Memo.

Andressa corre para pegar o livro de Memo. Paulo pede que ela leia mais sobre a importância do café para o destino de Paraty. Marcelo senta-se ao seu lado, e Janaína aproveita para piscar para a amiga, que está toda animada.

17. O café muda o destino de Paraty

— "O plantio do café por todo o Vale do Paraíba realmente virou a sorte deste local. Voltaram a usar a velha trilha indígena da Serra do Facão para chegar até seu porto. Mas agora cobrando pedágio porque custava caro mantê-la. Saindo do Vale do Paraíba, onde ficavam os grandes cafezais, subindo pela Serra do Mar, os tropeiros agora carregavam sacas de café que deixavam no Porto de Paraty. Para não perder a viagem quando voltavam de Paraty até o Vale, aproveitavam a mesma trilha com carregamentos de pratarias, porcelanas, pianos e perfumes vindos da França para os proprietários dos cafezais, chamados 'barões do café'."

Paulo começou a rir sozinho:

— Já pensaram numa mula subindo a serra até Cunha com um piano de cauda no lombo?

Risadas gerais.

Andressa continua a leitura:

– "Transportavam até os trajes bordados com rendas e fios dourados enviados a Portugal para serem lavados. Lá havia cuidados especializados com essas roupas elegantes que não existiam no Brasil Colônia. Os vestidos voltavam sete meses mais tarde! Agora Paraty irá tornar-se próspera novamente. Com seu porto abarrotado de barcos, batelões e antigos navios a vela, continuou sendo o segundo mais importante do Brasil até meados do século XVIII (1750)."

– E depois de todo esse progresso? – pergunta Paulo.

– "Foi construída uma nova estrada (1870), desta vez de ferro, que atravessará todo o Vale do Paraíba ligando os cafezais do vale diretamente ao Porto do Rio

17. O café muda o destino de Paraty

de Janeiro. Desta vez Paraty irá adormecer por quase cem anos (aproximadamente entre 1870-1960)."

Andressa encontra uma nota curiosa:

– "A Fazenda do Engenho, onde supostamente viveram os irmãos Lumbá e Akymbe, libertados pelo pirata Piranha, foi vendida e reaparece na história com o nome de Fazenda Boa Vista."

Memo franze a testa pensativo:

– Acho que é para lá que precisamos nos dirigir para conhecer a história da garotinha que amava Paraty.

Memo sabia apenas da existência da menina que havia partido do Brasil ainda criança. Por esse motivo tinha interesse em apreender mais sobre ela.

Marcelo faz as contas dos dias que a turma passou entre índios, piratas e escravos – e com a senhora Maria Jácome de Melo – e chega à conclusão de que são seis. Então exclama:

– Turma, só temos mais dois dias antes que o robô venha buscar a esteira. Vamos afivelar nossos cintos e observar tudo rapidinho. Apenas 150 anos nos separam desse novo personagem que, igual à senhora Melo, existiu de verdade.

Deslumbrados, eles aterrissam em um jardim maravilhoso, com samambaias centenárias que descem até

Aventura em Paraty

o chão. Em vez dos cheiros fortes da pinga e da senzala, sentem os perfumes da mata, das flores e das frutas. Chegam pela entrada dos senhores. Uma imensa mangueira oferece uma sombra deliciosa onde uma senhora está cuidando de suas plantas.

Janaína vê uma menina bonitinha correndo pelo jardim que parece pertencer ao paraíso.

– Quem é? – pergunta Paulo para Memo, que fica do lado de fora.

– Ouvi falar de uma menina que saiu de Paraty, ainda criança, mas depois nunca mais se soube nada dela. Vamos ouvi-la – diz Memo interessado.

18. A história de Dodô

—Dodô, Dodô, onde você se meteu?

Bem quietinha atrás do grande vaso de antúrios vermelhos, a menina não dava um pio.

— Dodô, tenho uma surpresa — diz a ama, tentando-a com uma voz carinhosa para que ela saísse do esconderijo. Mas Dodô não está nem aí.

— Dodô, temos visita. São jovens e querem conhecê-la.

Dodô põe a pontinha do nariz para fora.

O sorriso de Janaína a encanta. As cores laranja e amarela do *shortinho* de Andressa chamam sua atenção, mas o velhinho de barba comprida a assusta. Dodô tem só cinco anos.

Memo sorri carinhosamente para ela, e a garotinha se tranquiliza. Sua ama e sua mãe estão logo ali. Feliz da vida, conta para a turma:

— Daqui a pouco vai chegar o papai, então vou sair correndo e voar para seus braços. Ele me levanta tão alto, que eu quase toco o céu.

A ama conta aos visitantes que o pai da garotinha viera da Alemanha ao Brasil para plantar cana-de-açúcar. Começara em Angra dos Reis, onde conheceu a mãe de Dodô, muito bonita, de sangue indígena. Depois comprou a Fazenda do Engenho, aqui em Paraty. Na mudança, seis anos atrás, nasceu Dodô na carroça, no meio do caminho, em direção à fazenda. Dodô era seu apelido; seu nome era Júlia da Silva e, como o sobrenome do pai alemão era Bruhns, a menina passou a ser Júlia da Silva Bruhns.

— Não havia maternidade? — perguntou Paulo, sempre ingênuo.

— A Santa Casa da Misericórdia não estava terminada — respondeu a ama.

Dodô avista sua mãezinha querida mexendo em seus vasos e corre para abraçá-la.

— Minha mãe gosta tanto de plantas — diz Dodô. — Enquanto ela poda e replanta orquídeas esverdeadas raríssimas, sorri para mim, e eu brinco muito feliz aqui.

18. A história de Dodô

Janaína, encantada com as orquídeas de cor tão original, pergunta para a mãe de Dodô:

— Posso levar uma pra minha mãe?

— É preciso muito cuidado com elas! — responde a mãe de Dodô. — Vou mandar meu escravo jardineiro preparar uma para você levar.

Quando estão longe da mãe da menina, Paulo pergunta baixinho a Marcelo:

— Ela acha que é a dona do jardineiro, você ouviu?

— Pior que ela é mesmo, Paulo. Os escravos são propriedade dos senhores nessa época de escravidão.

Atrás dos canteiros, havia samambaias que desciam das árvores centenárias.

Dodô vivia dizendo que eram os cabelos da bruxa verde.

A sala de jantar era rodeada por amendoeiras majestosas habitadas por dezenas de bromélias cor de fogo. Uma brisa leve, e as barbas-de-velho, um tipo de cipó verde-claro, ondulavam ao sabor do vento. Mais cabelo de bruxa.

Paulo observa Ana, a ama de Dodô, que se afasta. Percebe que está bem-arrumada e limpa. "Com certeza", pensa, "não deve empurrar moendas nem dormir na senzala fedida."

Atrevido, pergunta em voz alta:

— Dodô, sua ama também leva chicotadas quando faz algo errado?

Marcelo e Janaína ficam da cor das bromélias.

— Na nossa fazenda, meu pai não deixa ninguém bater nos escravos, mas, se alguém tentar fugir, o capataz vai atrás.

— Caramba! Então ainda há um capataz em cada fazenda! — exclama Paulo espantado.

A mata estava em toda parte. A melodia dos pássaros coloridos também. Macaquinhos espertos e borboletas que pareciam pinturas flutuantes faziam parte da magia!

Apesar de conviver com a escravidão, Paraty era uma cidade muito festeira.

Quando se ouvia o repique dos sinos de todas as igrejas, com certeza haveria uma procissão religiosa passando. As festas dançantes reuniam cantadores, músicos, sanfoneiros, estandartes e pandeiros. Fitas coloridas esvoaçavam pela Praça da Matriz ao som de violeiros. Havia muita brincadeira.

E o aroma dos doces? Dava água na boca até para quem não fosse formiga. Aquela panelada de açúcar

18. A história de Dodô

borbulhante ora laranja como abóbora, ora roxa como batata-roxa, ora branca como cocada chamava o povo inteiro.

Um foguetório colorido pipocava no espaço, anunciando o fim da festa. Aí, todas as famílias caminhavam alegres até suas casas. Os grandes candeeiros ainda iluminavam os becos, até que o povo se dispersava lentamente. Só então Paraty dormia.

– Há uma dança só para a garotada – conta Dodô.

– É a minha predileta.

Nesta época acontecia uma dança muito comum. Em frente à Matriz de Nossa Senhora dos Remédios, formavam-se onze pares de garotos e garotas. Na primeira parte entravam os dançantes trazendo nos ombros o mastro com 22 fitas amarradas, entre amarelas, vermelhas, verdes, azuis e rosa. Após o mastro ser colocado em pé no centro do salão, as crianças formavam um círculo ao seu redor e cada uma segurava a ponta de uma fita colorida. Com as fitas totalmente livres, repetia-se a música de entrada, e os dançarinos saíam, conduzindo consigo o mastro com as fitas coloridas flutuando, trançadas como em um sonho...

Sonhos um dia acabam, e o de Dodô também.

Na manhã do dia seguinte, nenhum passarinho cantou. O céu amanheceu escuro como a noite. Dodô ficou silenciosa. Seu mundo maravilhoso desmoronou. Sua mãezinha adorada havia partido para sempre.

Ela abraçou seus bichinhos de estimação procurando em vão pelo amor de sua mãe. Ana cantou para

18. A história de Dodô

distraí-la, mas Dodô não conseguia ouvi-la. Seus pensamentos viajavam para lá da serra.

O pai de Dodô precisava tocar sua grande plantação de cana e o engenho. Enérgico, decidiu levar os cinco filhos para a casa dos avós, no norte da Alemanha.

Agora Dodô terá de despedir-se de Paraty também e abandonar seu paraíso para sempre.

Ao passar pela última vez pelos três coqueiros da porteira, lágrimas escorreram em suas faces. "Adeus, macaquinhos; adeus, canto do sabiá que sobrevoa as palmeiras!" Ela iria guardar para sempre a alegria da mata que nunca mais tornaria a ver. Os garotos visitantes presenciaram aquele momento triste. Janaína ficou tão comovida que abraçou Dodô e choraram juntas.

Dodô implora aos garotos:

– Venham comigo para a Alemanha. Pelo menos terei alguns amigos lá.

Marcelo tenta ajustar a esteira eletrônica para que cheguem até a Alemanha. Direciona os ponteiros de fibra ótica para o norte da Europa, lá nas bandas da Escandinávia. Aguarda um instante. Nada feito.

– Pelo jeito esse equipamento só foi programado pra viajar em território brasileiro – diz chateado, enquanto ouve os prantos de Dodô.

Quanta tristeza para uma garotinha tão nova...

A solução é voar novamente até o presente para tentar acompanhar a história de Dodô nos livros e na internet. Marcelo prepara a esteira robótica, que avança pelo espaço com Memo e os quatro garotos um século e meio adiante.

Uma vez aterrissados, percebem que só têm mais um dia para descobrir quem foi Dodô. Na biblioteca, que fica hoje no edifício onde antes era a cadeia pública, confirmam que o nome verdadeiro de Dodô era mesmo Júlia da Silva Bruhns. Ela se casou com um alemão de sobrenome Mann, com quem teve cinco filhos. Quando eram pequenos, ela lhes contava muitas histórias sobre a mata, os bichos e sua amada Paraty. Os dois mais velhos, Heinrich e Thomas, ficaram tão impressionados que começaram a desenhar e escrever desde cedo. Ambos tornaram-se grandes escritores alemães.

Thomas Mann chegou a receber o prêmio literário mais famoso do mundo, o Nobel de Literatura. Certamente se estivessem vivos, ambos seriam convidados de honra da Flip, a Festa Literária Internacional de Paraty, que acontece na cidade desde 2003.

– É interessante – repara Andressa – que ainda nenhum escritor brasileiro tenha sido agraciado com o

18. A história de Dodô

Prêmio Nobel, mas a mãe de um deles era brasileira e justamente de Paraty.

– Vamos correndo contar pro Memo, porque essa história ele mesmo disse que não conhecia.

E lá foi a turminha subir novamente até o topo do Morro do Forte.

Memo ficou entusiasmado:

– Aprendi um fato passado que eu desconhecia.

– Só uma coisa o senhor esqueceu – diz Paulo com seu jeitão bem direto. – O que aconteceu depois que Paraty adormeceu por quase cem anos?

– Lembra que a voz eletrônica também parou nesse ponto? – diz Janaína.

– Parou, não! – diz Marcelo rindo. – Eu que a convidei gentilmente a ficar quieta.

19. Preservar a memória
O sonho de Memo realizado

Janaína retoma a leitura do livro do Memo. Todos querem saber como Paraty sobreviveu à sua grande crise.

– "De fato, com a nova estrada de ferro São Paulo-Rio de Janeiro, o café viajava de trem rapidinho, sem necessidade de usar o Porto de Paraty. Então, para sobreviver, Paraty só poderia contar com a produção de pinga. A população, que tinha chegado a dezesseis mil habitantes nos dois séculos de grandeza, passou a contar apenas seiscentas pessoas na chegada do ano de 1900. Aí atravessou um período de grande decadência."

Os garotos descobrem que, algumas décadas depois, entre 1940 e 1950, artistas, arquitetos e escritores

19. Preservar a memória – o sonho de Memo realizado

começam a perceber que Paraty, se restaurada, poderia tornar-se um exemplo de cidade colonial brasileira. Um verdadeiro patrimônio de arquitetura colonial a ser preservado.

Janaína olhou para Memo. Seus olhos puxadinhos sorriam.

– "Claro que havia muito trabalho. Era preciso restaurar antigos sobrados, pintar fachadas e consertar telhados, e o Instituto para Preservação do Patrimônio Histórico e Artístico Nacional (IPHAN) percebeu que estava na hora de colocar 'mãos à obra'! Restaurada, Paraty poderia tornar-se um orgulho nacional."

De fato o centro histórico tornou-se Monumento Histórico Estadual, e, mais tarde, todo o município de Paraty foi reconhecido como Patrimônio Histórico Nacional.

– Esse é o segredo do terceiro mago! – exclama Paulo, entusiasmado. – Paraty poderia nunca mais ter ressuscitado. Poderia continuar caindo aos pedaços como tantas outras cidades históricas. Em vez disso, as pessoas reagiram e foram trabalhar!

– E quem ficou responsável pela preservação da mata? – pergunta Janaína.

Andressa lê na internet:

– "O Instituto Brasileiro do Meio Ambiente (Ibama) criou o Parque Nacional da Serra da Bocaina. Um pedaço da antiga Trilha do Ouro, toda calçada por escravos, passa por lá e precisa ser preservada. Recentemente foi criado o Parque Estadual da Mata Atlântica para garantir que grandes áreas da mata continuem intocadas em seu estado original."

20. Partida

Muito alegre, Memo começa a se despedir dos garotos que não param de abraçá-lo, mas com cuidado para não apertá-lo demais. Afinal, ele tem mais de quinhentos anos.

– A Memória de Paraty ficará para sempre – diz Memo, dando seu último adeus.

Os quatro ficaram radiantes por terem tido a oportunidade de assistir a cinco episódios em tempo real e de poder sentir como viviam, pensavam e o que sonhavam personagens importantes para a história do Brasil.

Segurando o poema digitado em letras douradas em uma das mãos e a gaiola indígena na outra, Janaína prepara-se para descer o morro. Paulo tira os cabelos da testa para não tropeçar; segue com o livro singular de Memo e um sorriso encantado ao sentir as moedas douradas no bolso. Marcelo e Andressa de mãos dadas também se preparam para a descida.

Janaína vira para trás para ver Memo pela última vez e percebe que estava esquecendo a orquídea cor de maravilha, presente da mãe de Dodô. Pede para Andressa pegá-la. Ao voltar correndo, Andressa vê a esteira robótica no chão, e então acontece outro estardalhaço cósmico seguido de um vento fortíssimo, fazendo a bicharada fugir em disparada. Marcelo olha pra cima e reconhece o poderoso robô aterrissando com seu olhar enigmático.

Ouve-se a voz eletrônica:

— Com a ajuda de Memo, vocês decifraram o código da importância da memória. Agora espalhem essa ideia nos quatro-cantos do mundo.

Exatamente dez dias após seu primeiro contato com os jovens, o robô resgata sua esteira e desaparece rumo ao futuro.

20. Partida

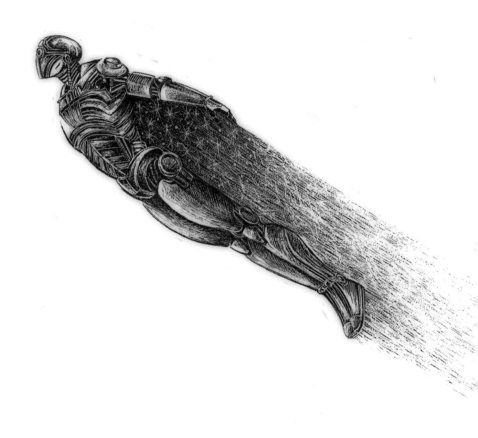

Para saber mais

Alambique: aparelho próprio para realizar a destilação.

Cangalha: armação de madeira (ou ferro) que sustenta ou equilibra a carga dos burros.

Capataz: chefe de um grupo de trabalhadores braçais.

DNA: nome de um ácido de nome bem complicado que possui instruções para fabricar proteínas que serão codificadas, depois, por um gene. Nesta aventura, o termo DNA é usado em sentido figurado. Ele quer explicar que o passado de uma cidade pode conter as informações necessárias para compreender seu presente e prever seu futuro.

Escala Richter: escala que mede a magnitude dos terremotos.

Gávea: pequena plataforma em forma de cesto colocada no mastro para dali se observar o mar.

Moenda: máquina de moer grãos, muito usada na moagem de cana-de-açúcar para a produção de aguardente.

Museu do Forte do Defensor Perpétuo: o primeiro de sete fortes erguidos para proteger Paraty dos piratas. Erguido em 1703 no morro onde ficava Vila Velha, foi restaurado algumas vezes; é o único que resta em Paraty. Abriga a Casa da Pólvora, uma das poucas remanescentes da época colonial. Atualmente, funciona no local o Centro de Arte e Tradições Populares de Paraty.

Pandora ou **Caixa de Pandora:** essa história faz parte da mitologia grega. Quando entregou a Pandora, a primeira mulher, uma caixa mágica, Zeus disse-lhe que nunca a abrisse. Mas ela morria de curiosidade e não resistiu. Aberta a caixa, escaparam dela todos os males, como o ódio, a raiva, a doença, a pobreza e todas as coisas ruins do mundo. Ao perceber isso, Pandora conseguiu fechar a tampa, restando no fundo da caixa um último bem, a esperança.

Piratas: entre os mais famosos piratas que estiveram na costa brasileira, está Thomas Cavendish, corsário inglês. Ele chegou ao povoado de Santos no Natal de 1588. Na época, ele gostou tanto da comida e dos doces cristalizados portugueses, que acabou permanecendo dois meses na vila, saqueando e destruindo tudo, inclusive a capitania de São Vicente. Em seguida, seguiu para o Espírito Santo, onde sofreu uma grande derrota.

Palavras em tupi-guarani

Ïapotï-kaba: jabuticaba.

Muçarete: nome da canoa premiada. É um tipo de concha.

Opoiva: significa 'o que salva ou liberta'.

Paititi: lagoa lendária onde as pessoas se banhavam em ouro e prata.

Parati: peixe semelhante à tainha.

Saco do Mamanguá: entrada de mar com oito quilômetros de extensão e dois quilômetros de largura. Possui 33 praias e oito comunidades caiçaras.